KB017015

글쓰기 대가들이 말하는
글 잘 쓰는 원칙 제1장 1조

__ 일러두기

1. 본문은 가능한 한 원문 그대로 실었으나, 가독성을 해치는 경우 독자의 이해를 돕기 위해서 현대의
   한글 표기법을 따랐습니다.
2. 잡지와 신문, 장편의 제목은 《 》으로 표기했으며, 단편과 시, 영화, 그림의 제목은 < >으로 표기했
   습니다.
3. 본문 중 내용 이해가 어려운 말의 경우 괄호 속에 현대어를 함께 풀어서 사용하였습니다.

울며, 웃으며, 구르며, 한숨지으며, 고군분투했던 대가들의 글쓰기 비결

글쓰기 대가들이 말하는
글 잘 쓰는 원칙
제1장 1조

성재림

HONGJAE
Publishers

진실하게 써라,
포기하지 마라,
끝까지 써라!

눈길을 끄는 제목, 눈에 띄고 예쁜 표지 디자인, 그리고 깔끔하게 인쇄된 활자….

우리가 접하는 책은 대부분 이런 모습이다. 우리는 보기 좋게 정돈된 한 권의 책 속에서 작가가 이룩한 흥미진진한 문장과 무궁한 상상력의 바다에 푹 빠진다. 그러나 한 권의 책이 출간되기까지 작가가 느꼈을 고민과 번뇌를 생각해본 사람은 과연 얼마나 될까. 솔직히 말하건대, 그건 상상 이상의 고통일 수도 있다.

그것은 글쓰기 대가라고 다르지 않았다. 수많은 명작을 탄생시켰고, 그로 인해 많은 독자에게 영감을 준 그들이건만, 그들 역시 글쓰기를 하염없이 어려워하고 힘들어하긴 마찬가지였다. 아니, '글을 쓴다는 것' 앞에서 한없이 겸손해 했다. 이에 어떤 이는 "글을 쓴다는 것은 제 살을 깎는 것과도 같다."라며 "글이란 제 피로 아로새겨지는 것으로, 내 생명과도 같은 것임을 명심해야 한다."라고 말하기도 했다.

　글을 쓰는 것은 집을 짓는 것과도 같다. 좋은 집을 지으려면 면밀한 설계도가 필요하듯, 글쓰기 역시 탄탄한 구조와 좋은 재료가 마련되지 않으면 좋은 글을 쓸 수 없기 때문이다. 그런 점에서 그저 생각나는 대로 무작정 글을 쓰는 것은 설계도 없이 집을 짓는 것과도 같다. 과연, 그렇게 지은 집이 세월의 무게를 이겨낼 수 있을까? 그런 집은 절대 오래 갈 수 없다. 또한, 독자를 설득하거나 이해시키는 것은 물론 감동하게 할 수도 없다. 독자를 설득하고, 이해시키기며, 감동을 주기 위해서는 목수가 하나하나 정성을 다해 집을 짓듯 좋은 재료를 이용해 자신만의 철학과 생각이 담긴 글을 지어야만 한다. 실례로, 버지니아 울프는 첫 소설《출항》을 출간하기까지 무려 7년이라는 시간이 걸렸다. 또한, 부커상 수상 작인 살만 루슈디의《한밤의 아이들》은 16년 만에 세상에 나왔고, 헤밍웨이의《무기여 잘 있거라》는 엔딩을 무려 47가지를 썼다가 하나로 결정했다. 그러니 그 작품의 얼개가 얼마만큼 꼼꼼하고 탄탄한지는 두말할 필요가 없다.

　이 책은 우리 문학을 대표하는 16명의 작가의 글쓰기 비법과 철학, 작가로서 살아가는 이야기를 담고 있다. 특히 글을 잘 쓰기 위해 수많은 번뇌와 절차탁마를 거쳤음에도 마냥 글쓰기를 어려워하고 힘들어했던 그들의 절절한 고뇌는 물론 울며, 웃으며, 구르며, 한숨지으며, 고군분투했던 작가로서의 삶을 엿볼 수 있다. 나아가 작가이기 이전에 한 인간으로서의 민낯을 생생한 육성을 통해 들을 수 있다.

시 〈나두야 간다〉를 쓴 박용철은 "글을 잘 쓰려면 눈과 귀와 모든 감각을 날카롭게 해야 하며, 특이한 생각 역시 만들어낼 줄 알아야 한다."라고 조언했다. 풍자 소설의 대가 채만식은 여기서 한 걸음 더 나아가 "주제와 현실이 털끝만큼이라도 빈틈이 있어서는 안 되며, 무리가 있어서도 안 된다. 즉, 서로 어울려야 한다."라며 소설을 잘 쓰는 자기만의 노하우를 피력했다.

글쓰기의 고단함과 작가로서 살아가는 어려움을 구체적으로 털어놓기도 한다.

현진건은 "펜을 들고 원고를 대하기가 무시무시할 지경이다. … (중략) … 무딘 붓끝으로 말미암아 지긋지긋한 번민과 고뇌가 뒷덜미를 움켜잡는다."라고 토로했다. 심지어 나도향은 "무엇을 쓴다는 것이 죄악 같을 뿐"이라고 했으며, 카프 문학을 대표하는 김남천은 "어떤 지식이건 어렴풋이 알아서는 도저히 붓을 댈 수 없다. 사소한 부분까지 알아두지 않으면 단 한 줄의 묘사도 제대로 할 수 없기 때문이다."라고 소설 쓰기에서 요구되는 정보의 치밀성을 전했다. 또한, 노천명은 "좋은 소재를 찾아 쓰레기통을 헤쳐서라도 장미꽃을 피워야 한다."며 시인들의 각성을 요구했다.

문학을 해서는 먹고 살 수 없는 현실에 관해서 넋두리하는 이도 있다. 예술지상주의를 꿈꾸며, 사실주의 문학을 개척했던 소설가 김동인은 "생활을 위해서 어쩔 수 없이 들어야만 하는 문필! 거기에는 개성도 없고, 독창도 없다."라며 "붓으로 밥을 먹고 살기는 매우 어려우니 생활의 토대가 없거든 문인 되기를 바라지 말고, 혹시 문인이 되었다고 할지라도 문필로써 밥을 먹고 살아갈 생각은 하지 말라."고 후배 문인들을 향해 부탁 아닌 부탁을 했다. 수많은 작품을 썼고, 대가로 인정받았음에도 밥벌이를 하지 못하는 것이 그에게 삶의 허무함은 물론 작가로서의 삶을 되돌아보게 한 것이다.

그들은 문학의 길을 가려는 이들에게 등단 그 자체보다는 이후에 더 노력을 기울여 자기만의 세계를 가꿀 수 있어야 한다며 입을 모은다. 기실 그 자신들이 수십 년 동안 글을 써왔고, 글쓰기 대가로 인정받았음에도 끝까지 자신을 낮춘 것이다.

그들은 말한다.

"진실하게 써라, 포기하지 마라, 끝까지 써라!"

이것이 바로 그들이 말하는 글 잘 쓰는 원칙 제1장 1조다.

Part 2 작가로 산다는 것

__ 수많은 번뇌와 절차탁마에도 글쓰기를 힘들어했던 대가들의 고뇌와 성찰

Part 3 마음을 사로잡는 글쓰기
_ 시·소설 및 수필·비평·동화 등 다양한 장르의 글쓰기 비법과 조언

스스로 절실하다고 생각하는 문제가 역사나 국가, 사회로서도 매우 중요

하고 절실한 문제인가? 그것을 어느 정도까지 자기 개인 문제로 삼느냐가,

현대 작가에게 있어서는 가장 중요하고 긴요한 문제이다.

_〈문학과 시대 정신〉 중에서

Part 1

글쓰는 사람들에게

울며, 웃으며, 구르며, 한숨지으며, 고군분투했던 대가들의 민낯과 고백

좋은 글을
쓰려면

여러분의 동요(童謠, 문학 장르의 하나로, 어린이들의 생활 감정이나 심리를 표현한 정형시)는 왜 그리도 모두 똑같습니까? 모두 똑같은 냄새가 납니다.

글을 잘 쓰려면 눈과 귀와 모든 감각을 날카롭게 해야 합니다. 특이한 생각도 만들어낼 줄 알아야 합니다. 아닌 게 아니라, 여러분의 동요에는 날카롭고 특별한 데가 있습니다. 하지만 모두 마음이 좁습니다. 마치 좁은 창문을 통해 세상을 내다보는 것만 같습니다.

좁은 창문을 깨뜨리십시오. 마음을 훨씬 자유롭게 넓히십시오. 동요라고 해서 시, 나아가 문학과 다른 것은 아무것도 없습니다. 동요를 쓴다는 생각에 너무 사로잡히지 말고, 자신이 쓸 수 있는 가장 좋은 글을 쓸 생각을 하십시오. 그래야만 좋은 글을 쓸 수 있습니다. 그렇다고 해서 독서의 범위를 동요나 동화에만 국한해서는 안 됩니다. 다양한 작품을 읽어야 합니다. 교양과 지식이 많아야 좋은 글을 쓸 수 있기 때문입니다.

좋은 글을 쓰려면, 여러분이 날마다 직접 보고, 경험한 일 가운데 가장 재미있고, 누군가에 이야기하고 싶은 것을 짧은 글로 쓰는 연습을 끊임없이 해야 합니다.

_ 박용철, 〈글 쓰는 사람들에게〉

생명이 깃든
진실한 글을 써라

문학은 진실함에 그 가치와 생명이 있다. 과거의 위대한 작품 중 아직까지 후세에 전하는 것은 모두 작품으로서 진실하기 때문이다.

진실이란 문학과 인생을 대하는 작가의 태도를 말한다. 따라서 아무리 고상한 사상이나 철학을 담은 작품이라도 만일 그것이 인간을 진심으로 걱정하고 아끼는 태도를 담고 있지 않으면 가치 있는 작품으로 인정받을 수 없다.

반대로 기교가 좀 부족하고, 표현력이 불급(不及, 따르지 못함)하더라도 인생을 생각하는 마음이 크게 담긴 작품이라면 작품으로서의 가치는 얼마든지 인정받을 수 있다. 일례로, 1차 대전 후 퇴폐적인 다다이즘(Dadaism, 제1차 세계대전 말부터 유럽과 미국을 중심으로 일어난 예술운동으로 모든 사회적 · 예술적 전통을 부정하고 반이성 · 반도덕 · 반예술을 표방한 예술 운동)은 문학사적 의의는 있을지 몰라도 예술적 가치는 그리 높이 평가받지 못했다. 반대로 도스토옙스키(F.M.

Dostoevsky, 러시아의 소설가)의 경우, 문장은 좀 난삽(難澁, 말이나 글이 이해하기 어렵고 까다로움)하지만 작품 세계가 참된 인간적 고민을 담고 있기에 높이 평가되고 있다.

문학은 아무나 할 수 있는 것이 아니며, 또 아무렇게나 되는 것도 아니다. 괴테(Johann Wolfgang von Goethe, 독일의 시인이자 소설가, 철학가)는 "연대(聯隊)의 조국은 연대"라고 말한 바 있다. 그 말은 결국 시인의 조국은 시라는 것이다. 즉, 문학인은 문학을 자신의 조국으로 생각해야 한다는 것이다. 그러므로 조국처럼 받들어야 하는 문학인의 문학세계는 가장 경건하고, 가장 존경해야마땅하다. 거기에 문학인의 생리가 있기 때문이다.

문학인의 피와 체온과 체취와 정서는 진실한 조국을 향해 있어야 한다. 만약 그 생리에 조금이나마 불순한 티가 섞인다면 진실한 문학을 조국으로 가질 수 없기 때문이다.

해방 뒤, 우리는 신인(新人)을 바라고 기다렸다. 이미 자신의 세계를 이룬 기성 작가보다는 참신하고 더욱 진실한 문학을 보여줄 신인이 필연적으로 필요했기 때문이다. 그러나 해방 후 5년이 지나도록 우리의 기대를 충족시킬 만한 신인은 나오지 않았다. 물론 하루 이틀 사이에 혜성 같은 신인이 나오리라고는 생각하지 않았다. 하지만 그래도 지금쯤은 우리 문단에 큰 획을 그을만한 신인이 한둘은 나옴 직한 데도 그렇지 못한 것은 적잖이 적요(寂寥, 적적하고 쓸쓸함)를 느끼게 한다.

기성이라고 해서 언제나 신인만을 기다리며 신인 뒤에 서라는 법은 없다. 하지만 기성 역시 해방 이전의 문학세계를 뛰어넘은 이가 없다는데 몇 배의 울분을 느끼게 한다. 하지만 이는 여기서 다루는 주제와 상관없으므로 생략하기로 하자.

어쨌거나 생각보다 신인이 너무 적게 나온 것만은 틀림없는 사실이다. 여기에는 여러 가지 이유가 있으리라. 그러나 그 이유를 이유 삼아 신인 대망의 마음을 꺾기에는 우리의 한적한 문단이 너무도 외로운 감이 있다. 또 신인 불가공(不可恐, 두렵지 않음)이란 말로 지금까지 다른 신인을 과소평가하기에는 우리 마음이 좀 더 너그러워져야 한다. 이는 문단이 신인을 대망(待望, 바라고 기다림)함은 물론 아껴야 한다는 뜻으로, 그러기 위해서는 기성이 신인의 길을 터주어야 하며 육성해야 하는 동시에 신인 역시 좀 더 진실한 태도와 진지한 노력이 필요하다. 말하자면 기성과 신인이 공동 책임을 갖고 우리 문학을 발전시켜야 한다. 그런데 현재 신인으로서 촉망받는 문인 가운데 진실한 태도에서 자주 벗어난 말과 행동을 보이는 이가 더러 있다. 이는 우리 문단의 일대통사(一大痛事, 한 가지 큰 아픔)임이 분명하다. 이에 신인 자신의 맹성(猛省, 열심히 반성함)이 필요하다.

학생이 선생을 스승으로 생각하지 않거나 존경하지 않고, 부하가 상사를 어른으로 보지 않는 일이 최근 자주 일어나고 있다. 이는 사회적 악조류임이 분명하다.

문단에서도 이와 비슷한 일이 일어나고 있다. 신인이 기성을 능멸의 눈으로 대하는 경우가 있는 것이다. 그렇다면 이 역시 사회적 영향으로 넘겨야만 할까.

가장 진실해야 하는 문학 또는 예술인 사회까지 그런 조류에 물든다는 것은 우리의 조국인 문학의 명예를 위해서도 슬픈 일이다.

유파(流派, 어떠한 파에서 갈려 나온 갈래)와 각자의 호불호를 떠나 어떤 기성도 신인의 능멸을 받을 이유가 없다. 연대장이 연대를 떠나 지위나 명예에 마음을 쓰게 되면 연대라는 조국을 사랑하는 마음에 틈새가 생길 것이 분명하기 때문이다. 마찬가지로 문인이 문학을 떠나 어떤 정략으로서 문인의 명예를 붙잡으려고 한다면 그는 이미 문인으로서 가치와 생명을 잃은 것과도 같다. 이는 신인이나 기성 모두에게 해당하는 이야기이기도 하다.

요즘 문단에는 진실한 작품을 쓰기보다 사교로서 문명(文名, 글을 잘해서 드러난 명성)을 올리려는 이가 적지 않다.

신인은 글자 한 자 한 자에 문인의 생애가 묻어 있어야 하며, 글 한 구, 글한 편에 각기 생명이 깃들어 있어야 한다. 또한 기성작가를 능가할 만한 작품을 창작함으로써 신인 된 패기와 실력을 보여야 한다. 그러기 위해서는 피와 땀이 섞인 노력과 파도와 같은 정열, 바다와 같은 끈기가 필요하다. 나아가 문학의 생리를 벗어난 일체의 행동은 자신의 문학을 그릇되게 하는 동인(動因, 원인)이 된다는 것을 알아야 한다.

하지만 작품에 노력과 정열, 끈기를 송두리째 바치지 않고 발표욕과 고료에 먼저 눈이 번쩍인다면 이는 그나마 맥맥히(마음이나 가슴이 기운이 막혀 답답하게) 흐르는 조국 문단의 맑은 흐름을 너무도 혼탁하게 만드는 것이다. 물론 여기에는 신인을 육성해야 하는 기성의 책임이 막중함을 느낀다. 그러므로 기성은 작품을 보는 엄정한 눈을 딴 곳에 쏠린 나머지 신인을 자신만의 세계로 끌어들여서는 안 된다. 그것은 진정한 의미에서 신인을 아끼는 태도라고 말할 수 없기 때문이다. 이는 신인을 아끼는 마음이 역효과를 나타낸 것에 지나지 않는다.

모름지기 신인은 겸허한 마음으로 인생을 진실하게 바라봄으로써 위대하고 가치 있는 작품을 창작할 수 있어야 하며, 첫째도 글공부, 둘째도 글공부에 매진해야 한다. 요(要)는 문인의 조국은 문학에 있다는 말처럼 문인은 문학, 특히 작품에 의해서 평가된다는 사실을 절대 망각해서는 안 된다. 그렇다고 해서 문학에 대한 신념에서 우러나오는 문학운동을 배격하라는 것은 아니다. 우리가 붙잡고 나아가야 할 문학을 위해서라면 찬언(贊言, 도움의 말) 역시 아끼지 않아야 한다. 다만, 문학의 생리에서 벗어난 행동과 문단정치는 문학생활과 그 수명에 플러스가 되기보다는 마이너스가 된다는 것을 명심해야 한다.

아직도 출세를 바라는 신인이 있는가? 그렇다면, 시인의 경우 평생을 자신할 수 있는 시 50편쯤은 갖고 나오라. 또 소설가라면 단편 10편, 장편 5편은 완필해 가지고 나와야 할 것이다.

신인이여, 자중하라!

— **김영랑, 〈신인에게 주는 글〉**

소설가 지망생들에게
해주고 싶은 당부

톨스토이(Lev Nikolayevich Tolstoy, 러시아의 소설가)가
법학을 전공하다가 중도에 퇴학하였다는 것은 후진(後進)에게 큰 영향을
주었다. 아닌 게 아니라 이 글을 지금 쓰고 있는 필자 역시 장래 문학자가
되려는 욕심을 품고도 화학교(미술을 가르치는 학교)에 입학했다가 중도에 그
만둔 적이 있다.

소설가 되는 데는 천분(天分, 타고난 재능이나 직분)이 으뜸이다. 다른 것은 버
금가는 것이다. 소설 작법은 전문적으로 가르칠 수도 없을뿐더러 설령,
가르친다고 해도 그대로 되는 것이 아니기 때문이다. 예를 들면, 목공과
출신이 책상을 만들 듯 소설 역시 규칙대로 만들기만 해서는 안 된다.

전문(專門, 전문학교) 출신이라고 하는 것은 그 사람에게 무게를 주고, 관
록을 주며, 살아가는 데 있어 어느 정도 자신감을 준다. 이를 바꿔 말하면,
전문을 나왔다는 것은 그 사람에게 인생을 겁내지 않게 하는 어떤 힘을
준다. 특히 소설가에게는 이런 종류의 어떤 힘—뱃심이라고 할까—이

필요하다. 그런 의미에서 전문 출신이라는 것이 직접적으로 소설가를 만들어내는 데는 그다지 큰 힘이 되지 못하지만 간접적으로는 적지 않은 도움이 된다고 할 수 있다.

톨스토이의 부질없는 행동은 그가 죽은 뒤 백 년 동안 꽤 많은 악영향을 남겼다.

지금으로부터 약 이십 년 전, 춘원(소설가 이광수의 호)이 《창조》지에 조선의 문사(文士, 글 쓰는 일에 종사하는 사람)로서 전문학교를 나온 사람이 거의 없음을 애석해하며 〈문사와 수양〉이라는 글을 게재했다가 몇 사람으로부터 심한 반박을 받은 일이 있다. 그러나 그것은 결코 반박할 일이 아니었다.

좋은 소설을 쓰려면 문장에 유의하는 것 또한 중요하다. 문장 따위는 중요하지 않다며 조소하는 이들이 많지만, 이는 말도 안 되는 얘기다. 문예라는 것이 문장 예술인 이상, 문장을 무시하고는 문예가 존재할 수 없기 때문이다. 예술상에 나타난 사실 ―즉, 소재라는 것은 여기저기 아무 데나 굴러다니는 것이다. 따라서 누구나 보고 ― 대수롭지 않게 넘기는 것이다. 이것을 예술화하는 것은 오직 문장의 힘이다. 음악을 구성하는 것은 음향이요, 문예를 구성하는 것은 문장인 것이다. 그러니 어찌 문장을 대수롭지 않게 여기고 무시할 것인가?

하지만 "문장은 사물의 뜻을 나타낼 수만 있으면 된다."며 문장을 가볍게 생각하는 사람들 역시 적지 않다. 하지만 사물의 뜻을 나타내는 그 정도―즉, 표현의 우열이 작품의 우열일 수도 있음을 알아야 한다. 물론 여기서 얘기하는 문장의 우열이 미문(美文, 아름다운 글)과 비미문(非美文)을 가리키는 것은 결코 아니다.

수년 전만 해도 "나는 집으로 돌아와서, 내가 피곤한 까닭으로, 나는 자리를 깔고 잔다."는 등의 말도 안되는 문장을 쓰는 사람이 적지 않았다.

지금은 거친 문장을 쓰는 사람이 매우 많다. 문장이 거칠어서 문장을 요해(了解, 해석)하려는 노력으로 글의 뜻을 잊기 쉬운—이런 문장을 쓰는 사람이 많다. 학교에서 우리 말을 가르치지 않기 때문에 홀로 독학을 해야 하지만, 이런 노력에 힘을 아끼지 않는 것이야 말로 결코 헛수고가 아닐 것이다.

좋은 소설을 쓰려면 작품 속에 지나치게 시대사상을 나타내지 않는 것역시 매우 중요하다. 물론 "그 시대를 살아가는 사람이 시대에 물드는 것은 당연하며, 소설 역시 사람이 쓰는 것이니 당연히 시대사상을 담아야 한다."고 말하는 사람도 물론 있다. 그러나 이는 결과와 원인을 잘 모르고 하는 말에 불과하다. 피할 수 없는 것은 사실이되, 피할 수 있는 것은 피해야하기 때문이다.

소설은 영원성을 띤다. 따라서 시대사상이 지나치게 드러날 경우 그 시대가 지난 뒤에는 잊히고 만다.

수년 전까지만 해도 사상적 청년이 활약하는 모습을 그린 소설이 유행했다. 그러다 보니 그렇지 않은 것은 아예 소설로 취급하지도 않았다. 그러나 지금 그때 그 소설을 다시 검토한다면 영구성을 가진 것이 얼마나 될까? 그러므로 시대성을 결코 피할 수는 없되, 피할 수 있는 것은 가능한 한 피해야 한다.

예술가는 예술가일 뿐, 결코 지도자나 사상가가 되어서는 안 된다. 따라서 글을 쓰는 사람은 발표욕보다 창작욕이 앞서야 하며, 가능한 한 발표욕은 억제해야 한다.

가끔 전혀 모르는 사람으로부터 '어느 신문이고 잡지고 간에 소개해 달라'는 편지와 함께 원고가 오곤 한다. 하지만 그 대부분은 습작기를 면치 못한 수준에 불과하다.

좋은 소설을 쓰기 위해서는 습작을 충분히 해야 한다. 그리고 그 기간을 넘어선 뒤에 비로소 정식으로 발표하는 것이 좋다. 그러나 많은 사람이 지나치게 서두르는 경향이 있다. 세상으로부터 인정받고, 작가로 인정받으려는 성급함 때문이다. 그러나 완전하지 못한 작품을 발표하는 것은 자신에게도 결코 도움이 되지 않는다. 작가로서 칭송받을 수 없을 뿐만 아니라 부끄러운 증거물을 세상에 영원히 남기는 일이기 때문이다. 따라서 충분히 습작한 후 작가라고 불러도 전혀 부끄럽지 않을 때 비로소 작품을 발표해야 한다. 그렇지 않으면 자기 모욕에 불과하다.

생활이라는 현실적인 문제 역시 무시할 수 없다. 현재 글을 쓰는 것만으로 생활을 유지할 수 있는 사람은 거의 없다. 그러므로 글을 쓰려면 집안에 재산이 넉넉하던지, 다른 안정된 직업이 있어야만 한다. 하지만 두뇌를 너무 많이 사용하는 직업은 창작에 방해가 될 것이므로 이 역시 충분히 고려할 필요가 있다.

다독(多讀)이 필요함은 너무도 당연하다. 또 어떤 사물을 대하든 간에 잘 관찰해야 한다는 것 역시 거듭 말할 필요가 없다.

요컨대, 소설가를 지망하는 사람이라면 먼저 타고난 재능이 있어야 하며, 그다음으로는 다양한 경력과 경험이 필요하다. 나아가 그것을 잘 관찰하여 머릿속에 적어 넣어야 하며, 그것을 다시 글로 표현할 수 있는 솜씨와 역량, 문장화할 수 있는 재능이 필요하다. 적어도 이 정도는 반드시 갖춰야 한다. 하지만 어찌 그것만 가지고 좋은 소설가가 될 수 있으랴.

소설을 쓰는 사람 중에는 너무도 쉽게 출세했다가 너무도 급격하게 몰락하는 이 또한 적지 않다. 생각건대, 그런 이들은 최소한의 조건을 갖추는 것조차 유의하지 않았던 것임이 틀림없다.

_김동인, 〈소설가 지망생에게 해주고 싶은 당부〉

쓸수록
어려운 것이
말이요, 글이다

글 쓰는 사람에게는 문장이 연장이요, 창작이고, 평론이고 간에 자기 의사를 표현하는 말이 무기임은 두말할 필요가 없다. 그런데 그 연장이 닳아빠진 호미 끝같이 무디고, 그 무기가 흙 속에 파묻힌 고대 석검(石劍)처럼 녹이 슬어서 등과 날을 분간할 수가 없는, 그러한 문장을 발견할 때 독자의 한 사람으로 눈살을 찌푸리지 않을 수 없다. 부질없이 시각을 어지럽게 하여 현기증을 일으킬 때가 많다.

글을 잘 쓰고 못 쓰는 것은 쓰는 사람의 재분(才分, 재주의 분수나 정도)과 수련에 달린 문제다. 문장이 부드럽고 딱딱한 것도 필자의 개성과 습관 또는 글의 내용과 성질에 따라서 다른 것은 물론이다. 그러나 수많은 독자에게 읽히기 위하여 발표하는 글이라면, 적어도 필자의 의견이나 주장을 알아볼 수 있는 정도로는 써야 한다. 아무리 귀둥대둥하는 허튼수작이라도 어불성설이어서야 될 것인가? 되나 안 되나 끄적거려 던지는 글이라도 문불성장(文不成章, 문장이 제대로 이루어지지 않은 글)이어서야 그 뒤라서 알아볼 것인가?

　과학서적에서나 쓰이는 경문(硬文, 딱딱한 글)에 속하는 글까지 소설처럼 연문체로 쓰자고 주장하는 것은 아니다. 그러나 한글 연구가가 피할 수 있는 데도 불구하고 한자를 많이 섞어 쓰는 것은 큰 모순이다. 그보다도 우심(尤甚, 더욱 심함)한 것은 농민이나 노동자와 같은 독서수준이 형편없이 낮은 노동 대중을 상대로 써야만 할 프로파(KAPF, 계급 의식에 입각한 프로 문학을 조직적으로 추구한 작가들의 모임)에 속하는 논객들의 문장이다. 행문(行文)이 나무때기같이 딱딱하고 읽기에 꾀까다롭게만 쓰는 것이 특징인 데는 질색한 노릇이다.

　그네들이 신문이나 잡지를 통해 보여주는 이론이란(내용은 말하고도 싶지 않으나) 한 소리를 되씹고, 같은 내용을 가지고도 두 번 세 번 곱삶아 놓는 데는 '팸플릿' 직역식 술어만을 연결해놓으니, 도대체 누구더러 알아보라고 발표하는지 그 진의를 이해할 수 없다. 그것은 무잡(蕪雜, 사물이 뒤섞여서 어지럽고 어수선함)한 상형문자의 도열에 불과한 것으로 편집자와 교정계조차 읽으면서도 그 뜻을 모르고, 다만 여백을 채우기 위하여 넘기는 것이다. 결국, 죄 없는 문선공(인쇄소에서 원고대로 활자를 골라 뽑는 사람)만 수고시키고 귀중한 지면에 먹칠하는 효과밖에 없지 않을까. 생경한 글을 쉽도록 풀어쓰기란 참으로 어려운 일이니 장위(腸胃, 위장)가 튼튼한 소도 반추를 해서 식물을 소화하지 않는가.

　이 점에 대하여는 월전(月前, 한 달 조금 전)《조선일보》에 발표한 신정언 씨의 충고에 귀를 기울이고 피차간 맹성(猛省, 매우 깊이 반성함)할 필요가 있을 줄로 생각한다.

"알기 쉽도록 쓰자. 읽으면 말과 같이 뜻이 환하도록 쓰자."라는 것이 문필가의 '모토'여야만 한다는 것은 유독 채만식 씨의 새로운 제창이 아니니, 줄잡아도 언문일치를 실행해 온 《학지광》, 《청춘》 시대 이래의 과제다. 예를 들면, 춘원 같은 선배가 한학의 소양이 없고 외래어에 조예가 얕아서 논문이나 소설에 그만큼 쉬운 글을 쓰는 것은 아닐 것이다.

"우리 지식계급을 표준하지 말고 무지한 구소설 독자층에서도 뜻을 알 만한 정도로 글을 써야 한다. 될 수 있는 대로 한 사람이라도 많이 읽는 것이 상책이다."라고 주장하고 또 그 자신이 오늘날까지 실천해왔기 때문에 그는 아직도 현 문단의 누구보다도 많은 독자를 획득하고 있는 것이 아닐까.

사상이나 주의에 공명하고 안 하는 것은 별개 문제로 만인이 이해할 수 있도록 붓끝을 놀리는 것은 그의 현명한 방책이다. 그것은 될 수 있는 대로 청중을 많이 모아서 웅변을 토하고 싶은 것과 마찬가지다.

녹이 슬은 연장을 닦자! 무딘 무기를 가지고는 청국 병정의 목 하나도 자르지 못한다. 시퍼렇게 벼른 필봉을 들고 적의 논진(論陣, 논쟁의 장)으로 달려들어 쾌도난마 적으로 자아의 주장을 세워보는 것도 남아의 쾌사(快事, 통쾌하고 기쁜 일)가 아닐까.

이런 말을 늘어놓는 내 글이 도리어 난삽한 문장의 표본이 되는지도 모른다. 또는 일부 평론가들의 글을 알아보기에 힘이 든다는 것은 나 자신의 박학천식(博學淺識, 두루 알지만 얕은 지식)을 여실히 폭로하는 것인지도 알 수 없다. 그러나 독자 계급을 중학교 상급반 정도로 잡아서 이만 내 글이 읽히지 않는다면 앞으로 한 10년 작정하고 입산하여 문장의 도를 닦고 나올 터이다.

쓸수록, 쓸수록 어려운 것이 말이요, 글이다!

시나 소설이나 희곡이나 간에 위대한 문학은 모두 그 말을 풍부히 하고 발전하게 함으로써 크나큰 의의가 있다고 한다. 그래서 '언어의 혁명'까지 제창되고 '말'에 대한 문제를 재인식하게 되는 것이다. 셰익스피어의 어휘가 수십 만 개나 되어 영문학상 매우 큰 공헌을 한 것은 실로 놀라운 일이다.

우리는 우리말의 수효가 적다고 한탄한다. 사실 발달하지 못한 말이다. 그러나 찾아서 활용할 줄 몰라서 그렇지, 우리 우리말 역시 어휘에 있어서 절대 타국어에 손색이 없을 만큼 많을 뿐만 아니라, 외국어로는 도저히 번역할 수 없는 묘한 말, 재미있는 말이 많다.

나는 어느 날 '지게'에 관한 각 부분의 명칭을 물어보았다. '지게'와 '작대기'라는 말 두 마디밖에 몰랐던 나는 머슴애가 '지게'의 부분 부분을 가리키며 주워섬기는 명사가 하도 엄청나게 많은데 혀를 빼물었다. 위에서부터 아래로 내려오며,

'새머리, 탕개, 등태, 쇠장(상중하), 등발, 버들가지, 밀띠, 지게꼬리…' 그리고 작대기만 해도 '알구지'와 '촉쟁이'의 구별이 있다. 그러니 우리가 흔히 보는 '지게' 하나에도 대범(大凡, 무릇) 이상과 같이 십수 개의 명사

가 붙어 있다. 이것은 손쉬운 일례를 들었음에 불과하지만, 일상생활에만 소용이 되는 이러한 명사들만 망라하더라도 실로 무한히 많다. 그런데 우리는 과연 그중에서 몇 마디나 알고 있는가? 또 그 말들을 적당히 활용하고 있는가? 우리 뒤를 이을 어린 학생들이 이웃 계집애를 '보구데인쥰('朴貞順'의 일본식 이름)'이라고 부를 줄은 알아도 '박정순'을 모르고, 어른들까지 '긴상'이니 '사이상'이니 하고 부르는 것이 지금의 기막힌 현실이다. 그러다가는 후에 제 성자(姓字)도 제대로 발음하지 못할 것이니 진실로 한심한 노릇이다.

여기서 우리는 무엇보다도 먼저 외국인과 같은 태도로 우리말을 배우고 그 말을 자유자재로 구사하기 위하여 비상한 노력을 해야겠다.

나는 우리말과 우리글부터 잘 배우는 것을 문필에 관계하는 사람의 급선무 중 하나라고 생각한다. 외국어는 외교관이나 번역에 종사할 특수한 인재를 뽑아서 가르치면 족할 것이다. 이미 우리에게 부과된 우리말 이외의 한 가지 언어만 가지고도 얼마나 머리를 썩혀왔는가? 그 말과 글이 얼마나 배우기가 어려웠는가? 이런 계제에 예를 들어서 미안하지만, 우리 문단에서 가장 풍부한 어휘를 가진 분은(내가 아는 범위로) 벽초(소설가 홍명희), 상섭(소설가 염상섭), 빙허(소설가 현진건), 민촌(소설가 이기영) 4씨라고 본다. 그러나 이상 네 분의 언어는 각기 특장(特長, 특별히 뛰어난 장점)이 있다.

벽초 선생은 점점 아깝게 파묻혀가는 옛날의 순전한 우리말을 다시 파내고 자취 없이 달아나는 보배를 붙잡아다 적당히 벌여 쓰는 데 있어

독단장(獨壇場, 가장 뛰어남)이니 그 점에 있어 그의 좌우에 나갈 사람이 없다. 언제 끝이 날지 모르는 《임꺽정전》 600 수회를 거침없이 시체(時體, 그 시대의 풍습과 특이한 유행)의 숙어나 술어는 단 한 마디를 안 쓰고도 넉넉히 작품을 살려 나가는 데는 탄복하지 않을 수 없다. 한번 《임꺽정전》을 통독하면 적어도 수천의 어휘를 배워 얻을 수가 있을 것이다.

상섭 씨는 말을 많이 알기로 원래부터 유명한 분이다. 특히 그는 옛날 중인계급이나 상민계급에 속하는 가정에서 쓰는 용어를 육담적으로 휘둘러 쓰는 데 있어 당대의 독보다. 필자와 같은 문학청년이 꾸준히 발표하는 그의 신문소설을 읽고 조선말의 사득(拾得, 혜택을 받음)이 많았던 것은 숨길 수 없는 사실이요, 또한 그의 문단 공로다.

빙허 씨의 용어나 문장은 〈적도〉를 통해 보는바 〈지새는 안개〉 시대와 같은 여전히 심미적이다. 재치 있고 유려하고 화사한 말과 글이 아울러 미문가의 조종(祖宗, 조상)이 됨직하다. 그가 경상도 태생인데도 서울 놈 뺨치게 기호(畿湖, 경기도와 충청도)의 숨긴 말까지 통달한 데는 놀라지 않을 수 없다. (왕왕히 형용사의 중복이 심해서 남용되는 폐단이 있고, 너무 궁벽한 말까지 꺼내다 써서 난해한 점이 있지만) 그가 연애소설이나 치정 관계를 묘사하는 데 있어서 단연 최고의 언어 문장 기량을 가지고 있는 것을 부인할 수 없을 것이다.

이기영 씨의 작품을 읽어보면 겉에 발린 재간이 눈에 뜨이지 않고 문장도 그의 특기인 농촌의 묘사와 같이 수수하게 그저 소박한 느낌을 주며 내려가건만, 가만히 따져보면 이 씨는 누구보다도 적지 않은 어휘의 소유자요, 또한 도회인으로는 흉내 낼 수 없는 시골말을 능란하게 다루는 솜씨가 있다. 더구나 대화에 있어서는 그대로도 희곡의 대사가 될 만한 구절이 많다. 그의 용어는 삼남 지방, 그중에서도 충청도 지방 농민이 쓰고 있는 말을 여실히 표현하기 때문에 타지방 사람은 알기 어려운 것이 유감이다. 그러나 제 고향 말을 이 씨만큼 잘 알고 자유자재로 쓰는 사람이 과연 우리 작가 중 몇 사람이나 될까?

나는 그의 〈고향〉 제106회 소제목 〈두레〉 제5회 장면을 읽고 머리를 숙였다. 2월 초1일 속칭 머슴 설날 우리 집 마당에서 풍물을 잡히며 두레꾼들이 수무족도(手舞足蹈, 너무 좋아서 어쩔 줄 모르고 날뜀)를 하는 정경을 보고 인상에 깊은 바 있어 단편 하나를 써보려다가 이 씨의 소설을 읽고 붓을 던져 버렸다. 고작해야 그가 묘사한 장면의 모작밖에는 되지 않을 것 같았기 때문이다.

춘원(소설가 이광수), 요한(시인 주요한), 동인(소설가 김동인) 씨 등이 쉬운 문장의 본보기를 보여주는 우리 선배라면 이상의 4씨는 박물관에도 못 들어갈 우리의 보배인 우리말을 발굴하여 실제로 활용까지 시켜주는 고맙고 공헌하는 분들이다.

_심훈, 〈무딘 연장과 녹이 슬은 무기〉

제대로 배워서
제대로 써라

문학 10주년이라는 제(題, 제목)를 받았지만, 10년이 훨씬 넘는다. 정확한 기록과 참고할만한 자료가 없으니 정확히는 모르겠지만, 초기《조선문단》에 처녀작을 발표한 것으로 문령(文齡, 문학을 한 햇수)을 계산하자면 족히 14, 5년은 되는 듯싶다.

14, 5년… 세상에 무슨 일이든 10년 독공(獨工, 혼자서 공부함)하면 입신(入神, 신의 경지에 듦)을 한다는 말이 있다. 물론 백 년을 해도 숙달되지 못하는 사람이 훨씬 더 많다.

그렇기는 나 역시 마찬가지다. 14, 5년 동안 글을 쓰면서도 이 정도밖에 이루지 못했으니, 천하에 의젓잖은(점잖지 않고 가벼운) 문충(文蟲, 글 벌레)이라고 해도 뭐라 할 말이 없다. 사실 그때만 해도 문단의 인심이 꽤 좋았다. 지금 생각하면 중학생의 볼품없는 수준의 작문을 소설이랍시고 발표해주고, 그 뒤로도 그 비슷한 것을 쓰는 대로 계속해서 실어주니, 어언 간에 소설가가 되어버렸다. 자고 일어나 보니 하루아침에 천하에 이름난 시인이 되었다는 바이런(Byron, 영국의 시인)의 말처럼 나 역시 자다가 깨어보니 소설가가 되어 있었다. 그러나 그때나 지금이나 가난하기는 마찬가지다. 이에 빈약한 문명(文名)과 선배와 은사의 도움으로 《동아일보》에 겨우 취직할 수 있었다.

처음 얼마 동안 학예부 일을 할 때는 애송이 서생에 지나지 않았다. 그러다가 사회부 외근기자가 되면서부터 그때까지 통 모르던 술맛을 비로소 알게 되었다. 더욱이 요즘처럼 신문기자가 회사원이 아니요, 괜히 어깨 으쓱한 뭔가가 있던 시절이어서, 직함이 신문기자 씨로 통했다. 하루 일을 뚝딱 마치고 친구를 꾀어 술 먹고, 놀고, 참말 호강하던 시절이었다.

문학? 그런 건 이제 해도 그만 하지 않아도 그만이었다. 정말 심심할 때나 되는 대로 소설 쓰는 시늉을 했다. 그래도 소설가로 알아주니 좋았다. 그렇게 10년 가까운 세월 동안 문학을 의붓자식처럼 등한시했다. 다만, 그 사이 《개벽》사에 있을 동안만은 그래도 정신을 차려 소설을 더러 쓰곤 했다. 그러나 역시나 여기(餘技, 취미로 하는 기술이나 재간) 삼아서 한 노릇에 불과했다. 그러다가 병자년(1936년) 정월, 《조선일보》를 마지막으로 신문기자라는 직업과도 아주 손을 끊고 나서야 비로소 눈을 뒤집어쓰고 다시 문학과 단판씨름을 하기 시작했다. 동배(同輩, 나이나 신분이 서로 같거나 비슷한 사람)들은 이미 10년이나 앞서가며 문단에서 큰소리를 치고 있을 때였다. 하지만 일껏(모처럼 애써서) 게으름을 부리던 위인이 갑자기 늦부지런이 나서 허위단심(허우적거리며 무척 애를 씀) 쫓아가자니 곧 기운이 다 빠지고 말았다. 숨이 가빠 도무지 쫓을 수가 없었다. 하지만 하늘도 무심치 않은 법일

레라!

　문학에 투신한 동기? 모르겠다. 잊어버린 것 같기도 하고, 그저 그냥 하고 싶어서 한 것도 같고. 문학을 제대로 배우지 못한 채 습작기도 거치지 않고 바로 작가 노릇을 했다. 그런데 그 알량한 작가 노릇이나마 어찌나 데데하게(변변하지 못하여 보잘것없음) 했던지. 이렇다 할 사숙인(私淑人, 마음속으로 본받아서 도나 학문을 배우거나 따를만한 사람) 하나 갖지 못했다. 다만, 상섭(想涉, 소설가 염상섭)과 동인(東仁, 소설가 김동인)을 좋아했고, 일본 작가 중 다카야마 초규(高山樗牛, 일본의 평론가)의 글과 나츠메(夏目, 일본의 소설가 나츠메 소세키)의 작품을 즐겨 읽었다. 한 가지 자랑 같지 않은 자랑을 하자면 투르게네프(Ivan Sergeyevich Turgenev, 러시아의 소설가)의 《엽인일기》를 네댓 번 정도 완독했다는 것이다. (물론 그 가운데는 골라서 읽은 것도 있지만)

　내 작품 중 후진에게 참고가 될 만한 것은 단 하나도 없다. 모두 없어져야 하기 때문이다. 혹시 작품 이외의 것으로 그것을 들라면 이렇게 말하고 싶다.

　"문학을 나처럼 해서는 안 된다."

_채만식, 〈문학을 나처럼 해서는 안 된다〉

시대와
현실을 말하라

1

　　　　　　　　　　K군! 잊지 않고 소식 전해주니 고맙소. 이는 인사치레로 하는 말이 아닌 진심으로 고마워서 하는 말이오.

　왜 이런 새삼스러운 얘기를 하느냐면, 얼마 전에 가깝게 지내던 친구 한두 사람을 잃어버렸는데, 생각하기조차 싫은 불쾌한 여운이 아직까지 남아 있기 때문이오. 그렇다고 내가 도덕군자나 장자(長者, 덕망이 뛰어나고 경험이 많아 세상일에 익숙한 어른)들이 곧잘 얘기하는 교우지명(交友之銘, 친구와의 사귐을 바위에 새김) 같은 숭고함(?)을 떠받드는 것은 아니요. 다만, 이렇게 생각하오.

　벗의 단처(短處, 부족한 점)를 알되, 그것을 꾸짖지 않고, 장점은 공리적으로 이용하지 않고 심미적 만족감으로써 대해야만 참된 우정이랄 수 있다고 말이오.

　이렇게 말하면 내가 무슨 이상주의자 같겠지만, 사실이 그러하오. 부유한 이들에게 참된 친구가 거의 없는 것, 시정(市井, 인가가 모인 곳)의 평범한 이들 사이에 남녀 사이의 연정과 같이 모든 것을 초월한 진실한 우정이 많은 것이 이를 증명하고 있소.

어떻게 보면 나는 사리에 어긋나는 교우관을 갖고 있다고 할 수 있소. 이번에 틈이 벌어진 친구들과의 일에 대해서도 그에 준하는 해석을 하지 않을 수 없소. 나를 이용할 만한 가치가 없어지니 인간적 단점을 구실 삼아 멀리하는 게 아닌가? 해서 말이오. 그래서 불쾌하기 짝이 없소. 하지만 정에 약한지라, 그 친구들을 잊을 수 없을 뿐만 아니라 그런 나의 해석이 제발 나만의 오해이기만을 바랄 뿐이오.

그러던 차에 군이 이곳저곳 부탁해서, 내 처소를 수소문 한 후 알뜰히 편지를 보내준 것이 가슴 아프도록 고맙기 그지없소. 하지만 정작 하려던 말은 제쳐 놓고 이렇게 신세를 한탄하고 있으니 뭐라 할 말이 없소.

군은 내게 이렇게 물었소.

"다른 사람은 훨훨 앞서서 달음질치는데, 왜 창작을 하지 않으십니까?"

나라고 왜 야심이 없겠소.

군이 그렇게 말하지 않아도 나 역시 초조하기 그지없다오. 나와 함께 문단에 나왔던 이들 가운데 활발한 활동을 통해 충분한 기반을 닦은 이가 적지 않기 때문이오. 그뿐만 아니라 나보다 훨씬 늦게 나온 이들 역시 눈부시게 날뛰어 문단에서 그 지위가 하루가 다르게 높아지고 있소. 그런 것을 보면 차를 놓치고 빈 정거장에 우두커니 서서 차 꽁무니만 바라보고 있는 듯한 안타까움과 초조함에 가뜩이나 신경이 예민해지곤 하오. 이에 원고지를, 만년필을 만지작거리며 뭔가를 써보려고 하지만 그 때 뿐이오. 그리고 잠시 뒤, 무슨 발작이라도 지나간 듯 순식간에 맥이 풀려 방바닥에 네 활개를 편 채 드러눕고 마오. 그럴 때마다 머릿속은 또 어찌나 들썩거리고 아픈지. 마치 뾰족한 도구로 머릿속을 마구 긁어내는 듯해서 견딜 수가 없소.

이 머리 아픈 것이 참 질색이오. 뭔가를 골똘히 생각하거나 수필 또는 잡문 나부랭이라도 몇 시간 쓰고 나면 머리가 아프기 시작해서 그날 밤은 말할 것도 없고 3, 4일은 밤잠을 자지 못할 지경이기 때문이오.

다른 건강도 건강이려니와 '신경쇠약'에는 정말 꼼짝할 수 없소. 하지만 이는 글을 쓰지 못하는 사소한 원인은 될지언정 결정적으로 중대한 원인은 아니오.

2

K군! 소설이라는 것이 시대나 사회, 즉 현실을 떠나 순전히 머리로 생각한 것을 펜으로 그리는 것이라면 정말 쉬울 것이오. 하지만, 어디 그런 것을 참된 문학이라고 할 수 있겠소? 오늘날 리얼리즘을 부르짖는 이유 역시 그런 이유 때문일 것이오. 그런데 그 현실이란 것이 내게는 너무도 벅차기 그지없소.

나 — 한 명의 소시민 — 이 체험하는 현실은 정말 보잘것없소. 박봉의 신문기자 아니면 수입이 전혀 없는 룸펜(Lumpen, 부랑자 또는 실업자)! 그래서 나의 현실은 그런 스케일 좁고 깊이가 얕은 '생활'에서 오는 아주 빈약한 것에 지나지 않소. 하지만 나라는 소시민의 우울한 생활에 비하면, 이 사회 이 시대의 현실은 실로 눈에서 불이 번쩍 날 만큼 다이내믹하기 그지 없소.

혹시 고리키(Maxim Gorky, 러시아의 소설가)의 다음 말을 들어본 적이 있소?

"요즘 그들 가운데 누구(부르주아 문학가)는 작가에게 이렇게 말했다. '작가라는 것은 자네의 개인적 사업이지 나와는 전혀 관계없다'고. 하지만 이는 넌센스다. 문학은 결코 스탕달이나 톨스토이의 개인 사업은 아니었기 때문이다. 그것은 언제나 시대의 사업이었고 나라의 사업이었다. 고대 그리스와 로마 문학, 이태리의 문예부흥, 엘리자베스 시대 문학에 관해서는 누구나 알고 있고 말하기를 주저하지 않는다. 하지만 셰익스피어와 단테의 문학에 대해서 말하는 이는 거의 없다. 19~20세기 러시아 문학가들은 여러 유형이 있다. 하지만 우리가 말하는 것은 시대의 드라마, 즉 희비극을 반영하는 예술로서의 문학이지 개인으로서의 푸시킨이나 고리키, 레스코프, 체호프의 문학은 아니다."

이 말보다 문학에 대해서 적절하게 표현한 말은 없을 것이오. 물론 그렇다고 해서 내가 그런 위대한 문학가들처럼 뛰어난 자신감과 실력을 갖고 있는 것은 아니지만, 꼭 그렇게 되고 싶다는 바람과 열정, 양심만은 굳게 간직하고 있소. 하긴 그것조차도 과대망상일지 모르오. 하지만 나로서는 도저히 버릴 수 없는 집착이니, 어찌 할 수 없소. ── 혓바닥은 짧아도 침은 멀리 뱉는다고나 할까.

하여간 이 거대한 파도와 같은 현실에 대한 사회학자다운 관찰과 연구… 이것이 정말 벅차기 그지없소. 가령, 지금 인심이 물 끓듯이 끓고 있는 '금(金)'에 대해서 얘기해봅시다.

나는 이미 2, 3년 전에 그걸 하나의 소설로 쓰기 위해서 내 깐에는 몹시도 애를 썼소. 그러나 한 사람의 광산가가 처음 광(鑛, 금광)을 발견한 것으로부터 시작해 제련소에 이르기까지, 또 사광부(砂鑛夫, 모래알 모양의 광물인 사금·사석·사철 등의 광석을 캐는 일꾼)의 '함지'에서 황금이 나타나기까지의 모든 작업·수속·활동 등의 천 가지 만 가지 일을 5, 60원에 밤낮으로 목이 매어진 신문기자가 하기에는 너무도 벅찬 일이었소. 그러니 매일 밥값 걱정을 해야 하는 룸펜에게는 오죽 힘든 일이었겠소. 만일 반 년 동안만 아무것도 방해받지 않고 '금'을 연구할 여유가 있었다면, 나는 정말 기뻤을 것이오. 그러나 나는 오로지 생활의 채찍에 못 견디어 주둥이를 땅에 끌며 냄새를 찾아 헤매는 개와도 같이 우울한 그날그날을 실로 견딜 수 없는 권태 속에서 보내야 했소. 그리고 지금 역시도 마찬가지오.

"아무것도 없는 오늘!"

이 햄릿의 대사와도 같은 '오늘'이 매일 찾아오오. 만일 날이 밝지 않는 날이 하루라도 있다면 나는 없는 소를 열 마리쯤 잡아서라도 하나님(!)께 감사의 제사를 지내리다.

3

K군! 그래서 나는 (아무리 생각해도) 월급쟁이로만 살다가는 소설은 커녕 그 근처에도 어른거리지 못할 것이라고 궁리하던 끝에 신문기자란 직업을 그만두게 되었소. 그때 내가 '이제 문학에 모든 힘을 쏟을 수 있겠 다'며, 얼마나 가슴이 설레고 희망에 부풀었는지 모를 것이오. 하지만 거 기에는 많은 준비가 필요했소. 눈에 넣어도 아프지 않게 주는 원고료만 을 믿고는 마음대로 문학을 하기는커녕 그날그날 밥을 먹기에도 부족했 기 때문이오. 아직 늦지 않았으니, 2, 3년이고 5, 6년이고 무슨 짓을 해서 든지 일단 돈을 좀 벌어놓자며 다짐했소. 그러고 나서 밥걱정 하지 않고 소설을 쓰자고 말이오. (허허, 웃지 마오!)

그러나 이는 한 마디로 세상을 모르는 한 어른의 동화에 불과했소. 돈 이라는 것은 돈을 모을 수 있는 사람에게만 모인다는 것을 몰랐기 때문 이오.

나 같은 사람이 돈을 모으려면 엄청난 세월이 필요하다는 것을 알기까 지는 그리 오래 걸리지 않았소. 속된 말로 '천 냥, 만 냥' 하고 다니다가 결 국 허허 웃고는 당대의 두문동이라 불리는 이 하숙에 들어 엎드린 지가 거의 두 달이 되어 가오. 그러니 이제 와서 밥 좀 얻어먹자고 몇 푼 안 되 는 원고료 때문에 소설을 쓰자니 자존심이 허락하지 않소. 하지만 그보 다 더 중요한 것이 있소.

현실이니, 리얼리즘이니 하는 말을 들어봤을 것이오. 이는 현실을 파악하여 소설의 기초이자 재료로 삼는 것을 뜻하는 것이오. 그러니 현실이야 말로 소설에 있어서 가장 중요한 요소라고 할 수 있소. 하지만 현실을 현실 그대로 그려만 놓으면 그것은 하나의 사건에 불과하오.

'무엇을'과 '어떻게'의 문제를 다른 이들은 해결한 듯하오. 하지만 나는 그것을 아직까지 알지 못하오. 그래서 자꾸만 그것에 대해서 생각해 보지만 머리가 좋지 않은 탓인지 아직도 알 수가 없구려.

— 유물변증법적 창작방법에서 ××××적 리얼리즘에서 ××적 로맨티시즘에서……

이렇듯 이름 높은 문예평론가들은 예민하게 송구영신(送舊迎新)을 하건만, 작가, 그중에도 머리가 둔한 나로서는 그것이 무슨 소리인지쯤은 알지만 그대로 추종할 수도 없소.

K군! 나는 아직 문학을 버릴 생각은 없소. 답답한 나머지 '에잇! 집어치울까보다'라고 혼자 쓴 소리를 뱉은 적은 있소. 하지만 정든 사람을 허물없이 버리지 못하는 것처럼 차마 버릴 수는 없소.

이렇게 끝까지 잡고 늘어지면서 쓰고 싶은 글을 쓸 것이오. 한평생 이 지경일지도 모르지만 말이오. 만일 그래도 되지 않는다면 그때는 정말 붓을 꺾어버리고 문학과 영결(永訣, 영원히 헤어짐)하겠소. 물론 그래봤자 아무 일도 없겠지만.

군이 그야말로 마당 터지는데 솔뿌리 걱정하듯이 나 한 사람 소설을 쓰지 않는다고 해서, 또 문학과 영결한다고 해서 문단이 손해 볼 것은 없을 것이오. 더욱이 지금 문단에는 재주 많고 공부를 많이 한 신인들이 계속해서 나오고 있소. 우리 문단은 곧 그들의 눈부신 활약으로 빛을 발할 것이오.

4

끝으로, 지금 내 처지에서 다른 이에게 참고 될 권언(勸言, 권하는 말)을 한다는 게 매우 외람된 일이지만, 군이 고전을 연구하는 데서부터 재출발하겠다는 것에는 나도 찬성하오. 그중에서도《춘향전》은 우리가 문학을 하는 한 반드시 한번쯤은 속속들이 들여다봐야 할 만큼 큰 가치가 있다고 생각하오. 이에 나 역시《춘향전》을 고본(古本)을 비롯해서 몇 종 어름어름(말이나 행동을 분명히 하지 않고 자꾸 주춤거리는 모양) 읽기는 했지만 다시 한 번 읽으려 하오. 그러니 군이 수집해서 다 보고 난 후 내게도 좀 보내줬으면 좋겠소.

《춘향전》은 영국 셰익스피어의 작품이나 일본의《겐지 이야기》와 비교해도 결코 뒤지지 최고의 고전이오. 그러니《춘향전》만 잘 연구해도 문학가의 필생 사업으로 넉넉할 것이오. 나아가 이는 젊은 영문학도들이 도서관에 들어박혀 먼지를 먹어가며 엘리자베스왕조의 문학을 연구하는 것보다 훨씬 더 유익할 것이오. 지금까지 어느 한 사람《춘향전》의 진가를 우리에게 제대로 연구해서 보여준 이는 없었소. 하지만 비교적 인연도 멀거니와 또 세계적으로 이미 그 연구가 완성되어 있는 셰익스피어에 열중하는 젊은이는 적지 않소.

좌우간 그렇게 해서 군에 의해 《춘향전》이 더 좋은 극본이 되어 세상에 나온다면 그보다 더 기쁜 일은 없을 것이오. 다만, 한 가지 부탁하고 싶은 것이 있소. 그것이 결코 쉽지만은 않을 것이란 것이오. 특히 《춘향전》은 높은 문학적 가치를 지니고 있기 때문에 잘못하면 되레 좋은 고전을 망신시킬 수도 있소. 이는 금강산의 아름다운 풍경을 붓으로 써내기 어려운 것과도 같소.

다음으로 야담문학의 유행에 관한 나의 의견이오.

야담문학의 유행을 군은 마치 원수라도 만난 것처럼 저주하고 있는 듯하오. 하지만 내 생각에는 그렇게까지 흥분할 필요는 없을 듯하오. 야담문학이 문학일 수 있느냐 없느냐, 또 그것이 사회적으로 어떤 파문을 일으키느냐는 것은 잠시 접어놓고, 오늘에 이르러 그것이 세차게 유행하는 것만은 엄연한 사실이오. 그러니 턱없이 이를 욕하고 이에 대해 흥분하는 것은 무지한 폭군에 다름 아니오. 그러므로 냉정하게 그것을 '실재'한 것으로 받아들여야만 하오.

5

야담문학의 발생과 성장 뒤에는 민중이 자리하고 있소. 즉, 민중에 의해 야담문학이 발전한 것이오. 이는 민중이 격에 맞는 문학 작품보다 야담문학을 더 재미있어 했기 때문이오. 이는 일본 문단의 강담(講談, 사람들 앞에서 이야기하듯 말하는 것)이나 그보다 조금 더 문학적 모습을 담은 대중소설이 크게 번성하는 것을 보면 쉽게 알 수 있소.

생각건대, 군은 아마 유행가에 이마를 찌푸렸을 것이오. 그러나 그것은 군의 생각일 뿐, 보통 사람들은 그렇지 않소. 오히려 그것을 매우 좋아하오. 만일 유행가와 야담소설 없다면 민중은 매우 심심해 할 것이오. 민중은 그것을 듣고 읽으며 매우 즐거워하고 재미있어 하기 때문이오. 그러니 유행가의 레코드가 잘 팔리고, 야담잡지와 신문의 야담소설이 환영을 받는 게 아니겠소? 사실이 이럴진대, 덮어놓고 무시해서야 되겠소?

그렇다고 해서 내가 야담문학이나 유행가를 옹호하는 것은 아니요. 다만, 세상이 그렇게 변해가고 있다는 것이오. 만일 그래도 그것이 싫다면 민중이 야담문학과 손을 끊고 이쪽으로 올 수 있도록 좋은 소설을 쓰는 길밖에 없소. 또 군은 본격소설을 쓰던 사람들이 그것을 버리고 야담문학으로 돌아섰다고 분개하지만, 나는 그것에 대해서 분개하는 군의 순진한 마음이 더 가엾기 그지없소.

무릇, 본격소설이라고 하는 기성사회의 문학이란 두 가지밖에 없소. 신심리주의로 나아가는 것과 사실에서 재료를 얻어 약간 붓끝을 고친 야담소설이 바로 그것이오. 물론 두 가지 모두 문학의 정도(正道)는 아니오. 하지만 문학청년의 분개나 한탄, 흥분으로서 그 흐름을 저지할 수는 없소. 두고 보면 알겠지만, 앞으로 야담문학은 보란 듯이 더 번성할 것이오.

지금 서울은 첫여름이 무르익어 가고 있소. 가끔 하숙집을 나가서 종

묘 뒤로 난 길을 걷다 보면 ― 나는 이 길을 걷기를 퍽 좋아하오. ―

고궁 안의 나뭇잎의 푸른빛이 무게 있게 짙어가오. 그럴수록 고궁의 낡은 단청은 더욱 낡아 보이오. 그것을 보면서 그 길을 걷노라면 역사를 발밑에 밟고 지나가는 것 같아서 퍽 여유롭고 침착해지오.

군도 어서 빨리 솜씨가 늘어 역작의 선물을 가지고 문단에 데뷔하기를 바라오.

_채만식, 〈소설을 쓰지 않는 이유〉

　　　**끊임없이
공부하라**

　　　　　　　　　　"소설을 잘 씁시다." 막상 이렇게밖에는 할 말
이 없다. 또 그것밖에는 재주가 없다.

　"우리는 참으로 좋은 소설을 아직 갖지 못했소. 바야흐로 이제는 그것
을 가져야 할 때요. 하지만 소설을 쓰지 않고는 그런 소설을 가질 수 없
소. 그러니 부디, 소설을 잘 씁시다."

　제의(題意, 제목의 뜻)란 창작방법 또는 문단 주조(主潮, 주장되는 조류 또는 사조)
에 관한 것이기는 하지만 새로운 논의를 제언하란 뜻이기도 하다.

　그러고 보면 내게 이 글을 부탁한 건 선량한 의도일지도 모른다. 하지
만 솔직히 말해서 그렇게 썩 달갑지만은 않다. 일찍이 목적 의식론, 유물
변증법적 창작방법 등을 비롯해 최근의 성격론과 전기소설에 이르기까
지 실로 넓은 마당 안의 병아리 떼처럼 수많은 창작방법과 주조론을 제
창해 비명을 지르게 하더니, 또다시 논의네, 제언이네 해서 정신을 오락
가락하게 만드니 말이다.

물론 이 식상설(食傷說, 식상한 말)이 어디까지가 가장 정당한 것이냐? 반대로 피상적이요, 부당한 증상이냐? 다시 말해, 유물 변증법적 창작방법이라면 유물 변증법적 창작방법이, 인간 탐구면 인간 탐구가, 리얼리즘이면 리얼리즘이, 그때그때의 현실에 적응하여 필연적으로 발생한 적절하고 당연한 주장이요, 요구였는가 말이다. 그렇지 않으면 시대적 현실과 전혀 상관없는 내지(일본 본토) 문단이나 외국의 풍문을 기계적으로 번역한 연습논문이요, 탁상공론에 불과했던 게 아닐까? 만일 그렇다면 그 전부가 그런 것인지, 그중 일부만이 그런 것인지의 시비는 심히 거추장스러운 일임이 틀림없다. 이에 그 판단을 내린다는 게 여간 경솔한 일이 아닐 수 없다. 신중한 비판이 요구되기 때문이다.

이 자리에서는 그 문제를 불문에 부쳐두는 것이 마땅하다. 아울러 그 식상설에 부동 가담한 것 때문이 아니라 그 맥락이 복잡괴기할뿐더러, 본업이 평론가도 아닌 내가 그런 논의 나부랭이를 해봤자 객쩍은 짓에 지나지 않기에, 모름지기 말을 삼가겠다는 것이 내 생각이다. 이에 그저 수수하게 그리고 말썽 없도록 육담으로나마 사발통문(沙鉢通文, 호소문이나 격문 따위를 쓸 때 누가 주모자인가를 알지 못하도록 서명에 참여한 사람들의 이름을 사발 모양으로 둥글게 삥 돌려 적은 통문) 식 공론을 할 따름이다.

그러니, 부디 당부하노니 "소설을 잘 씁시다."

누가 여기에 이의가 있고 반대하겠는가? 또 잘 쓴 소설이면 발자크도, 도스토옙스키도, 조이스도, 춘원(春園, 소설가 이광수)도, 효석(孝石, 소설가 이효석)도 모두 거기에 포함될 수 있으니, 오죽이나 편리한 말이겠냐 싶다. 그러니 발자크처럼, 도스토옙스키처럼, 조이스처럼, 춘원처럼, 효석처럼 소설을 잘 쓰고 볼 일이다.

백만 가지 창작방법을 알고 있고, 육조(六曹)를 배포한들, 소설을 쓰는 사람이라면, 그리고 소설을 쓰려면 그것을 잘 써야 망정이지 그렇지 않고서야, 즉 소설을 잘 쓰지 못하고서야 그게 다 무슨 소용이겠는가?

당시 프랑스의 현실을 관찰하고 느낀 사람이 비단 발자크만은 아니었을 것이다. 그리고 그것을 소설로 쓰고자 했던 사람 또는 쓴 사람 역시 그 혼자만은 아니었을 것이다. 그 외에도 많은 작가가 그것에 관해 썼을 것이다. 그러나 그들은 모두 소설을 쓰지 않은 사람이거나 소설을 잘 쓰지 못한 사람들임이 분명하다. 누구도 그를 따를 수 없기 때문이다. 만일 발자크 역시 소설을 잘 쓰지 못했다면 진실로 나폴레옹이 검으로 성취한 바에 비길 수 있는 그 거대한 문학적 업적을 결코 달성할 수 없었을 것이다. 도스토옙스키와 조이스 역시 마찬가지다. 다른 사람이 유물 변증법적 창작방법을 몰랐던 게 아니다. 소설을 잘 쓰지 못했기 때문이다. 그 시대, 그 주류를 대표할 만한 작품이 나오지 못했던 이유 역시 그 때문이다. 즉, 소설을 잘 쓰지 못했기 때문이다.

인간 탐구의 이론을 몰랐던 게 아니다. 현실적으로 인간을 몰랐던 것도 아니다. 문학적으로 그것을 형상화하지 못했기 때문, 즉 소설을 잘 쓰지 못했기 때문이다.

리얼리즘의 비밀 역시 그렇고, 과거의 온갖 창작방법들 역시 모두 그렇다. 그리고 앞으로 새롭게 생기는 이론들 역시 그럴 것이다. 그러므로 결론은 소설을 잘 써야 한다는 것이다.

"그러면 대체 뭘, 어떻게 해야 소설을 잘 쓸 수 있을까?" 나는 "기교, 정당한 의미의 기교"라고 대답하기를 주저하지 않는다. 과학자처럼 관찰하고, 철학자처럼 생각해야 한다. 그 관찰하고 생각하고 해서 얻은 것을, 즉 어떤 하나의 테마(주제)를 예술적으로 형상화하는 소임은 예술가적인 솜씨, 즉 기교에 달려 있다. 테마는 현실에 배양시켜야만 비로소 생명을 갖는다. 현실적인 생활을 시킨다고 해도 좋다. 다시 말해 테마와 현실이 털끝만큼이라도 빈틈이 있어서는 안 되며, 무리가 있어서도 안 된다. 즉, 서로 어울려야 한다. 이것이 소설을 잘 쓰는 원칙 제1장 1조다. 제아무리 훌륭한 테마라도 완전히 그것이 살지 못한 소설, 테마와 어긋나게 현실화한 소설, 테마는 어디로 가버리고 현실만 사실적으로 전시된 소설은 결코 잘 쓴 소설이라고 할 수 없다. 내지 혹은 외국의 잘 쓴 소설 중 테마가 불분명하거나 살아 있지 않은 소설을 본 적이 있는가?

소설을 잘 쓰려면 또한 말이 아름다워야 하고, 문장이 능수능란해야 한다. 대수롭지 않은 듯해도 문학예술의 결정적인 한 몫을 결정하기 때문이다. 그 때문에 아름답지 못한 말, 능수능란하지 못한 말, 통틀어서 문학적으로 세련되지도 미화되지도 못한 말로 쓰인 소설은 결코 잘 쓴 소설이라고 할 수 없다.

경찰서 앞에 쭉 늘어앉은 대서인(代書人, 남을 대신하여 공문서를 작성하는 사람)들이 시골 영감을 위해 설유원(設論願, 원통한 일을 당하였을 때, 상대편을 설득하여 달라고 관계 기관에 제출하는 청원)을 써주는 용어와 육법전서나 관공서의 공문서 문장으로 소설을 써도 소설이 될 수 있다고 주장하는 문학 강의도 있던가?

안톤 체호프(Anton Pavlovich Chekhov, 러시아의 소설가)의 단편은 그 아름다움이 거의 말에 있다고 하는 사람이 많다. 만일 내 얘기가 미덥지 않거든, 어느 신문사에나 부탁해서 신춘문예를 뽑고 난 뒤의 휴지통을 쏟아보라. 이름하여 소설이라는 원고를 수없이 보게 될 것이다. 그런 것들은 오히려 공부하는 사람들의 내장(來將) 있는 허물이요, 그래서 적절치 못한 극단적인 예라고 할 수 있다.

그렇다면 이미 저마다 제각기 한 사람 몫의 작가 행세를 하고 있다는, 문단의 여러 작가가 계속해서 써 내고 있는 수많은 소설, 즉 지금 우리 소설은 과연 어떤가? 소설이라고 부르기에도 창피한 것이 적지 않다. 더욱이 신인은 그렇다고 치더라도 중견이라는 사람들 가운데도 소설가 낙제생이 수두룩하다. 우리 문학을 이처럼 유치하게 만든 데는 그들의 책임 역시 적지 않다. 그렇다면 그 원인은 과연 무엇일까.

말했다시피, 기교가 부족하기 때문이다. 하지만 이미 문학적으로 터가 잡혀 있는 경우 기교가 그리 큰 문제가 되지 않는다. 내용이 그 가치를 결정하기 때문이다. 예를 들면, 톨스토이나 모파상(Guy de Maupassant, 프랑스의 소설가)의 작품에 대해, 지드(Andre Gide, 프랑스의 소설가)나 쇼(George Bernard Shaw, 아일랜드의 극작가이자 평론가)의 작품에 대해 그 용어가 어떻고, 문장이 어떻다는 평론가는 없다. 그들을 논할 때는 내용이 중심이 될 뿐 기교 좋고 나쁨은 문제 삼지 않기 때문이다.

그렇다고 해서 아무 소설이나 써도 상관없다는 것은 아니다. 그들은 소설의 기교쯤은 벌써 다 졸업했거나 기교적인 면에서 실수를 저지르지 않는다. 하지만 지금 우리의 문학처럼 전통이 서지 않고, 독자적인 기반이 마련되지 않아 아직 문청기(文靑期, 문학 청년기)를 면치 못한 경우에는 내용 이전에 기교가 반드시 선행되어야 한다.

소설에서 기교란, 조각가로 치면 정(돌에 구멍을 뚫거나 돌을 쪼아서 다듬는, 쇠로 만든 연장)을 가지고 대리석에 자신이 생각하는 모양을 새기는 기술과도 같으며, 화가로 치면 채관(彩管, 붓)을 가지고 캔버스 위에 자신이 생각하는 그림을 그리는 기술과도 같다. 또 성악가로 치면 성대를 통해 자신이 생각하는 음을 낼 줄 아는 기술과도 같은 것이다. 그런데 만일 되다가 못된 조각가가 있어서 걷는 사람을 새긴답시고 앉은뱅이를 만들어놓았다면? 어지빠른(정도가 넘고 처져서 어느 한쪽에도 맞지 아니한) 화가가 있어서 미소 짓는 얼굴을 그린답시고 강짜 싸움에 안면 근육이 뒤틀린 히스테리의 화상을 만들어놓았다면? 껄렁껄렁한 성악가가 있어 〈페르시아의 연가〉를 부른답시고 장마 때 맹꽁이가 우는 괴성을 지르고 있다면? 이 얼마나 웃기고 말도 안 되는 일인가?

하지만 우리 문단에는 '걷는 사람'이랍시고 앉은뱅이를 새겨놓는 조각가와 같은 소설가가, 미소 짓는 얼굴이랍시고 뒤틀린 히스테리 여인의 얼굴을 그려놓는 화가와 같은 소설가가, 〈페르시아의 연가〉를 부른답시고 맹꽁이 우는 소리를 지르고 있는 성악가와 같은 소설가가 얼마나 많은가? 나아가 그들이 쓴 작품을 단지 자신이 제창한 이론과 들어맞는다는 사실만으로 '걷는 사람'이라는 게 앉은뱅이가 되어버린 조각 같은 소설을, 미소 짓는 얼굴이라는 게 히스테리 여인의 뒤틀린 모습이 되어 버린 그림과 같은 소설을, 〈페르시아의 연가〉라는 게 맹꽁이 소리를 지르고 있는 성악 같은 소설을 잘 썼다고, 좋은 소설이라고 입에 침이 마르도록 추앙하는 소설에 관해 무지한 비평가 역시 적지 않다.

그들의 흉은 곧 나의 흉이다. 그러니 결국 지금까지 나 자신의 흉을 본 셈이다. 나 역시 그들과 똑같은 소설가 중 한 사람이기 때문이다. 이런 걸 '누워서 침 뱉기'라고 하나보다.

나 역시 계속해서 공부해야 한다. 앞으로 소설 잘 쓰는 공부를 게을리 하지 않을 생각이다. 비록 내가 언제까지 소설을 쓸지는 알 수 없지만, 소설을 그만 쓰는 날까지 꾸준히 소설을 잘 쓰는 공부를 할 생각이다. 이렇듯 내 재주와 실력의 부족함을 알고 더 노력하겠다는 각오가 있기에 그나마 남들에게 "소설을 잘 씁시다."라며 권할 염치를 가진 것이다.

"우리는 참으로 좋은 소설을 아직 갖지 못했소. 바야흐로 이제는 그것을 가져야 할 때요. 하지만 소설을 잘 쓰지 않고는 좋은 소설을 가질 수 없소. 그러니, 부디 소설을 잘 씁시다."

소설을 잘 쓰기 위해서는 무엇보다도 공부가 필요하다. 이 공부란 말에 자못 분개할 사람도 없잖아 있을 것이다. 그런 사람은 자신을 스스로 문단의 선민(先民, 어질고 사리에 밝은 사람)인 양 착각하고, 이미 공부를 다 끝내고 버젓이 세계적인 작가가 된 줄 아는 지복(至福, 더없는 행복)한 사람임이 틀림없다. 그러니 곧장 강물로 달려가서 이 글을 본 눈을 씻어버릴 일이다.

_채만식, 〈소설을 잘 씁시다〉

조급함은 금물,
느긋한
마음을 가져라

군(君)은 언젠가 노상(路上, 길거리)에서 나를 만났을 때 발표한 작품을 내가 봤는지 못 봤는지 그것을 말끝에 은근히 경위 떠보고, 아직 보지 않았으면 한번 봐달라는 그런 의미까지 포함된 태도를 보이더군요. 그래서 나는 군이 아마 그 작품에 무척 자신이 있거나, 자기 작품이 활자화된 것을 자랑하는 철없는 자부심의 소유자라고 생각하고 흥미를 느낀 나머지 군의 작품을 주의 깊게 보았소. 그러나 군의 그때 태도가 도대체 어디서 비롯된 것인지 모르겠소. 자신을 가졌던 것이라고 보자면, 군은 소설을 너무도 모르는 사람이기 때문이오. 또 그걸 자부심이라고 보면 도리어 위신이 떨어질 정도니, 대체 그때 군의 태도는 과연 어디서 비롯된 것이오? 스스로 한번 다시 생각해보길 바라오.

'나는', '나는' 하고, '나는' 소리가 한 구절이 끝나고 다음 구절이 시작될 때마다 무척 정성스럽게도 달린 게 눈에 띄더이다. 일인칭으로 글을 꽉 잡고 시작한 소설이 '나는', '나는' 소리를 넣지 않는다고 삼인칭으로 달아날 염려가 있어 그랬소? 아니면, 그런 말의 낭비가 꼭 필요했던 것이오? 그리고 또 하나는 '그러자', '그래서', '그리고' 하는 문구가 말이 접속될 때마다 충실히 붙어 다니더이다. 대체 얼마나 이놈이 붙었나 하고 세어 보았더니, 놀라지 마시오. 무려 오십여 곳에 이르더이다. 그러니 군의 작품에 내가 흥미를 잃었다고 해서, 군이 나를 나무라지는 마시오.

혹시 군이 "아니, 내 글만 그렇소? 소위 기성작가 중에도 그런 사람이 많습니다. 또 안 할 말로 당신은 얼마나 잘 쓰냐?"라며 대항한다면 실로 버젓이 대답할 면목은 없소.

내 말은 누구를 시비하자는 것이 아니고 다들 주의해서 글을 잘 쓰자는 것이오. 그러니 군도 부디 그런 줄 알기 바라오. 나아가 어떤 친지의 작가나 평론가가 군의 작품을 칭찬하는 일이 있다면, 글을 모르는 친지의 작가나 비평가이기에 칭찬하는 것은 아닌가 하고 조금이라도 의심해보는 자존심을 갖길 바라오.

섭섭하겠지만, 지금 군의 실력으로는 작품이 되었느니 안 되었느니 하는 얘기마저 시간 낭비에 지나지 않소. 그러니, 부득불(아닌 게 아니라 과연) 군의 작품은 한 십 년 간 숙제로 두었다가 보는 수밖에 없을 것이오. 우선, 소설을 쓸 힘을 기르길 바라오.

군! 내 이야기에 찬성이오? 불만이오? 듣자 하니, 군은 그 작품을 발표한 후 기성 문단에서 작가의 지위를 안 준다며 항의했다는 소문이 있던데, 그게 사실이오? 사실이라면 군의 용기는 참으로 무던하오. 그게 조급증의 소행이라고 해도 나는 그 용기를 치하하면 치하했지 조금도 나무라고 싶지는 않소. 반항하지 않는 것도 좋지만, 반항을 하는 것은 더 좋은 일이오. 그래서 나는 군이 항의했다는 소문을 듣고 어찌나 반가웠는지 모르오. 기성을 눈 아래로 보고 코웃음을 치는 그 패기야말로 실로 문학에 대한 참을 수 없이 끓어오르는 귀한 정열이 아니고 무엇이겠소. 그런 정열이야말로 군의 문학을 더욱 발전하게 할 것이오. 그러니, 그 정열은 정말 귀한 것이오. 하지만 비록 현저한 차이는 없더라도 말 한마디, 글자 한 자 쓰는 데 있어 조금 낫나 마나 한, 알 듯 말 듯 한 미미한 차이는 분명 존재하오. 또 그것이 실로 작품에서는 십 년, 이십 년 경험의 소산임을, 군 역시 십 년 (혹은 이십 년) 후면 저절로 알게 될 것이오. 그러니, 그에 앞서 '그럴까?' 하는 의문이라도 항상 염두에 두고 항의할 필요가 있을 것이오. 만일 그것도 모르고 항의했다가는 결국 조급증의 발악에 지나지 않는다는 악평을 받을 우려가 다분하기 때문이오. 패기 역시 만용이라는 명예스럽지 못한 오해를 받을 것이오.

내 말이 불만이라면 다시 더 말할 필요가 없겠지만, 만일 찬성이라면 이렇게 한번 해볼 생각은 없겠소?

군이 이후에 쓰는 작품은 온종일 앉아서 꼭 한 장만 죽을힘을 다해 쓸 생각을 하고, 한 달에 삼십 장짜리 한 편을 쓴 후 그것을 한 보름을 두고 열다섯 장쯤으로 줄여보시오. 그렇게 한다면 필요한 말은 더는 줄이려야 줄을 수 없으니 자연히 남을 것이요, 필요치 않은 말은 체 밖으로 깎여 나가게 될 것이니, '나는', '나는' 하는 군더더기와 '그러자', '그래서' 따위의 불필요한 접속사 역시 말쑥하게 형체를 감추게 될 것이오.

그런데 이렇게 글을 줄이는 게 말로는 무척 쉽게 될 것 같지만 손을 대 보면 제법 시간이 필요하게 되어, 아마 재질(才質, 타고난 재주)에 따라서 1, 2년 차이는 있을지 몰라도 보통은 한 십 년쯤 걸려야 그래도 그 취사 방법의 묘리를 다들 얻나 보더이다. 하지만 문단 생활 이십 년 삼십 년에서도 이런 티를 벗지 못하는 사람들이 간혹 있소. 그러니 군 역시 십 년 이상 걸려야 할지도 모르오. 소설을 쓰는 데 있어 조급증은 금물이오. 부디, 마음을 차분하게 갖길 바라오.

그럼, 몇 해 뒤에 다시 작품을 보기로 하고, 우선은 글을 줄이는 공부에 힘쓰길 바라오. 그리고 발표 전에 한번 사사로이 보고 논의해줬으면 하오.

_계용묵, 〈무명작가 목 군에게〉

　　　　　소설가란 직업

　　　　　　　　　　　　　"소설가가 생활에 위협을 느낀다는 것은 거
짓말이다."

　이런 말을 들었다. 제주도에서였다.

　피난 첫해를 나는 제주읍에 있는 '카네이션'이란 다방에서 지냈다. 커
피 향기에 취해서가 아니었다. 향락에 취해서도 물론 아니었다. 있을 곳
이 없어서였다. 살겠다고 난을 피해 이 절해의 고도에까지 흘러온 몸이
라 끝까지 살기 위해 뻗대어 보지 않을 수 없었다.

　돼지처럼 기거해야 하는 공동수용소에는 차마 발길을 들여놓을 수 없
었다. 그렇다고 돈이라도 많이 갖고 있었느냐? 그것도 아니다. 방 한 칸
얻을 돈조차 없었다. 그러다 보니 그대로 노상(路上, 길 위)에서 방황해야만
했다. 그런 얘기가 어느 한 학자의 귀에 흘러들어 갔던 모양이다.

　한 학자는―글은 글로 통해야 한다며―우리 집에 마루방이 있으니,
우선 방이 날 때까지 만이라도 거기서 지내라며 호의를 베풀었고, 나는

그의 집 마루방에다 짐을 풀었다. 일찍이 면식이 있던 것도 아닌데 글을 한다는 소리를 풍문으로 듣고, 글은 글로 유통되어야 한다며 자진해서 방까지 제공해주는 그 호의에 감사하기 전에, 문필인으로서 그 감격에 감읍하여 눈시울을 뜨겁게 느끼지 않을 수 없었다. 실로 문필인으로서의 내 생애에 있어 이는 영원히 잊을 수 없는 감격의 한 토막일 것이다. 면식을 초월해서까지 글은 글로 유통이 된다는 것, 이 얼마나 반가운 일인가. 그러나 제주가 아무리 남쪽이라고는 해도 겨울은 겨울이었다. 화로 하나 놓지 못한 마루방에 댕그라니 앉아서 엄습하는 한기를 이겨 낼 도리가 없었다. 할 수 없이 몸을 데우기 위해 다방을 찾았고, 통행금지 예비 사이렌이 울릴 때까지 그 노변(爐邊, 화로나 난로가 놓여 있는 주변)을 떠나지 못했다.

사실 그 다방에는 날마다 일정한 시간을 두고 미 공군 여섯 사람이 출입하고 있었다. 그런데 자기네들이 올 때마다 밤이나, 낮이나, 언제나 내가 앉아 있는 것이 그들의 눈에는 이상하게 보였던 모양이다.

하루는 내가 다방에 나오는 도중 친구를 만나 시간이 좀 지연되었는데, 내 그림자가 보이지 않자 주인에게 묻기를, "왜 오늘은 그 사람이 없느냐? 도대체 그 자그마한 사람은 뭘 하는 사람이냐? 무슨 일을 하기에 매일 다방에서 사느냐?"라며 '나'라는 사람의 정체에 관해서 매우 궁금해 하더란다. 그래서 주인이 말하기를, "그 사람은 서울에서 피난 온 소설가다. 하지만 온돌방을 구하지 못해 우리 다방에 불을 쏘이러 나오는 것이다."라고 했더니, 그중 한 사람이 손을 번쩍 들어 "노~오 노~오!"라고 외치면서 거짓말하지 말라고 했단다. 그래, 주인이 농담이 아니고 사실이 그렇다고 다시 말했더니, 반신반의하는 태도로 "아니, 소설가라면 돈을 많이 벌었을 텐데, 그게 무슨 말도 안 되는 소리냐?"며, 소설가가 생활에 위협을 느낀다는 것이 ― 우리나라에서는 삼류 소설가라도 생활에 위협을 느끼는 일은 없다며 다시 손을 들어 주인의 말을 막았다고 했다. 이에 우리나라는 당신네 나라와는 실정이 달라서 소설이, 더욱이 순수문학이 잘 팔리지 않아 소설가뿐만 아니라 예술인 대부분이 가난하다고 했더니, 눈을 둥그렇게 뜬 채 도리질(말귀를 겨우 알아듣는 어린아이가 어른이 시키는 대로 머리를 좌우로 흔드는 재롱)을 하더란다.

이튿날, 이런 이야기를 그 다방 주인인 음악가에게서 막 듣고 앉아 있는데, 또 그들이 다방으로 들어오다가 나를 보고 히 ― 죽 미소를 지으며 인사를 건넸다. 그리고 그중 제일 나이가 적은 사람이 덥석 손을 내밀어 전례 없이 반가워하며 악수를 청한 후 카멜(담배 이름)을 권했다. 그러면서 하는 말이 자기도 미술을 공부하는 사람으로 예술인을 좋아한다면서, 어제 다방 주인에게서 당신 이야기를 들어서 잘 아노라며, 얼마나 고생이 되느냐고 위로했다. 그러고 나서 대한민국에서는 소설가가 그렇게 돈을 못 버느냐고, 이 다방 주인이 그렇게 말했는데, 그게 사실이냐고 물었다. 그래서 사실이라며 웃었더니, 정말 사실이냐고 되채며(되받아서 채며) 머리를 흔들었다.

그에게는 그 사실이 그렇게 믿기지 않았을까? 하기야 그렇게 믿기지 않는 것이 우리에게는 엄연한 사실이다. 그러나 그까짓 사실이야 어쨌든 간에 제주 피난에서 글이 글로 통할 수 있었던 감격에 아주 오랜 만에 나 자신을 되찾은 것만 같았다. 설령, 글 한 줄에 백만 원을 받았다고 하더라도 이런 감격에 감읍되지는 않았을 것이다.

_**계용묵, 〈소설가란 직업〉**

작가의 생활

'작가로서 밥 먹는 기(記)'를 쓰려고 한다. 하지만 된장에 장아찌나 먹는 것으로 어엿하니 밥을 먹노라고 말할 수 있을지 모르겠다. 하기야 그것조차 먹지 못하는 이가 많고, 끼니를 거르는 사람이 수두룩한 세상이다 보니, 이야기책이나 짓고 앉아있는 놈들이 된장에 장아찌면 그만이지, 그 이상 무슨 잔소리냐며, 그런 것일랑 아예 염(念, 뭘 하려고 하는 생각이나 마음)도 내지 말라고 할 이도 있을지 모르겠다.

사람이 어느 정도까지 영양을 섭취해야만 정신이나 육체를 온전한 상태로 보전할 수 있을까. 아마 사람이나 체질에 따라 각각 다를 것이다. 가령, 돈 많고 귀인으로 태어난 이는 하루라도 고기나 우유를 먹지 못하면 곧 약 떨어진 아편 중독자처럼 펄펄 뛰고 야단이 나겠지만, 가난뱅이는 고구마나 감자알이 떨어질까 봐 마음 졸이기 일쑤일 것이다.

무엇이든지 최저한도(最低限度, 가장 낮은 한도)와 최소한도(最小限度, 일정한 조건에서 더 이상 줄이기 어려운 가장 작은 한도)라는 게 있는 법이다. 그러므로 작가라면, 작가가 계속해서 정신적 노동을 할 수 있을 정도의 생활은 사회에서 보장해줘야 하지 않겠느냐는 것이 시비 문제(是非問題, 옳고 그름을 따지는 일)가 될 수 있다.

본시 문학을 한다고 뜻을 세우던 소년 시절에 일생을 청빈하게 살 각오는 누구나 다 했을 것이다. 그러나 그때는 가난이 무엇인지 알지도 못했을 뿐더러 생활이 어떤 것인지도 잘 몰랐다. 하지만 결혼을 하고, 아이가 생기고, 아이가 학교에 가게 되면 한 집안을 책임져야 한다. 아침저녁 끼니, 아이 교육비, 가을이면 신탄(薪炭, 땔나무와 숯)과 김장 걱정, 의복 걱정 ―이런 것을 자나 깨나 생각해야 하는 것이다.

어느 잡지에서 유행 가수 아가씨들의 수기를 읽어보니, 수입이 한 달에 2, 3백 원은 된다고 한다. 하지만 어떤 대가라고 할지라도, 우리 작가 중에는 그런 보수를 받는 이가 절반도 안 된다. 영화 시나리오 작가가 출연 여배우의 10분지 1의 보수도 받지 못하는 것이 세계적인 현상이니, 이제 와서 새삼스레 그 모순을 지껄인들 낡은 수작에 불과할 뿐이다. 문제는 우리 작가들이 큰 회사의 중역이나 유행 가수처럼 사치스러운 생활이나 호화롭고 안일한 생활을 희망하거나 요구하는 것이 아니라는 것이다. 적어도 작가 생활을 계속해서 영위할 수 있도록 정신적으로나 물질적으로 최저한도의 양식은 보장해줘야 한다는 것이다. 나아가 그것쯤은 어엿하니 요구할 수 있다고 생각한다.

중견 작가로서 1년에 6, 7백 원을 벌려면 상당한 노동을 치러야 한다. 만일 신문에 연재소설을 쓴다면 비교적 쉬울 수도 있다. 하지만 그렇지 못한 경우에는 이런저런 잡문을 다 써야만 그 정도 될까 말까 한다.

　좀 창피한 일이긴 하지만, 하나하나 계산해보자. 장편소설 하나를 신문에 연재한다고 할 경우, 150회로 잡고, 1회에 2원 또는 3원을 고료로 받으니 2원으로 치면 3백 원, 3원으로 치면 4백 5십 원이다. 여기에 단편 5편을 썼다 치고 4백 자 원고지 1매에 50전을 쳐서 1편에 20원을 잡으면 도합 백 원이다. 이밖에도 각종 논문이나 감상문·수필·기행문 등 갖은 글을 써야만 겨우 총수입 6, 7백 원이 될 수 있다. 그러나 신문연재나 잡지연재의 기회가 매년 오는 것도 아니고, 일 년에 몇 차례씩 오는 것은 더더욱 아니다. 그러니 일 년에 단편 10편을 쓸 경우, 수입이 2백 원이나 2백 5십 원에 지나지 않는다. 여기에 창작집이나 단행본을 출간할 경우, 그 인세를 약 백 원으로 잡아도 3, 4백 원이 될까 말까 한다. 시골 면서기 봉급보다도 못한 것이다. 그리고 사실인즉, 일 년에 단편 10편을 쓰는 작가란 매우 드물며, 한 달에 창작 1편을 쓰는 작가에게 그 이상의 작품을 요구하는 것은 무리다. 그 이상 무리하게 되면 부득이 태작(駄作, 졸작과 같은 말)이 나올 것이 뻔하기 때문이다. 그러므로 그 기준을 단편 10편으로 쳐서 고료가 적어도 천 원은 되어야만 이럭저럭 담배 값이나 하고, 잘 절약할 경우 커피 잔이나 얻어먹으면서 최저한도의 생활을 누릴 수 있다. 그러나 가족이 많던가, 학교에 다니는 아이가 있다면 여름에 간복(間服, 여름과 가을 사이에 입는 옷), 늦은 가을에 맥고자(麥藁子, 밀짚모자), 옆구리 터진 구두를 면하기 어려울 것이며, 그달 월간 잡지를 사 읽기도 곤란할 것이다. 결국, 낮과 밤을 바꾸어 제아무리 허덕인들 한 달 총수입 5, 6백 원을 넘을 수 없다. 그러니 신문기자나 잡지기자 그밖에 다른 부업을 갖는 것도 무리가 아니다. 이런 상황에서 도대체 어떤 정신적인 활동을 영위할 수 있겠는가? 나아가 이런 생활 속에서 어떻게 정신과 육체가 정상을 보전할 수 있으랴.

그렇다면 어떻게 하면 이 문제를 해결할 수 있을까. 사회가 이를 해결할 만한 문화적 아량을 베풀지 않는 이상, 우리에게 원고료와 인세를 지급하는 출판기관이 문제 해결에 앞장서야 할 것이다. 다행히 요즘 독서 인구 증가와 함께 전집 출간이 활발해져 출판사들이 적지 않은 이윤을 내고 있다. 하지만 그들의 작가나 비평가에 대한 대우는 오히려 점점 더 야박해지고 있다. 그러니 이들을 깨우치려면 개인적인 호소나 교섭만으로는 안 된다.

작가들 역시 직업적인 조직을 가질 필요가 있다. 문화적 성질이나 문학적, 정책적 의의를 떠나 최저한도의 생활이나마 보장받기 위해, 생활권의 옹호를 목표로 하는 직업적인 조직을 만들어야 하는 것이다. 그리고 이를 통해 우리의 요구를 조직화한 후 사회와 출판기업에 조처(措處, 일을 정돈하여 처리함)해야 한다.

과거에 문예가협회가 이와 같은 시도를 몇 차례 한 적이 있지만 모두 실패하고 말았다. 여기에는 몇 가지 원인이 있었다. 하지만 지금과 같은 사회적 환경에서는 우리의 생활을 옹호하고 확립하는 것이야말로 어떤 역사적인 일보다도 더 중요하다. 결코 이를 망각하거나 다른 사람의 일처럼 생각해서는 안 된다. 이에 〈작가로서 밥 먹는 기〉에 관한 글을 쓰다

가 결국 작가의 직업적 조직이 필요하다는 데까지 이르지 않을 수 없게
되었다. 제현(諸賢, 여러분)의 삼사(三思, 여러 차례)를 촉(促, 촉구함)하는 바이다.

_김남천, 〈작가의 생활〉

나의
생활백서

　　이렇게 사는 것을 생활이라고 할 수는 없는 일이고 생존이라고 해야 옳을 것이다.

　이곳 지하실 합숙소에서 신세를 지고 있는 것도 그럭저럭 일 년이 넘었다. 규칙적인 한 가지 반찬에다 양쌀밥(서양 쌀로 지은 밥)을 먹어도 여럿이 먹으니 달고, 좁은 방에서 네 사람이 복작거리는 것도 기숙사 생활 같아서 견딜만하다. 그러나 식당 아주머니한테 담배니, 사과니 사러 오는 사람들이 시도 때도 없이 풀떡풀떡(힘을 모아 자꾸 거볍게 뛰는 모양) 문을 여는 통에 자리를 펴고 자는 꼴도 보여야 하고, 분을 바르는 것도 들켜야 하는 일이 내게는 마치 벌을 서는 것만 같다. 하나 귀여운 아가씨 순희, 정옥이 하며, 순옥 할머니, 어 씨 아주머니는 정말이지 보기 드물게 좋은 사람들이다.

　이렇게 잘 모르는 사람들과 같이 있으면서도 마음을 상하지 않는다는 것은 실로 큰 다행이 아닐 수 없다. 나는 이 점을 늘 감사해 한다. 가끔 옆에 있는 남자들 방에서 술 먹고 놀다가 통근차를 놓쳐버린 친구들이 있는데, 그런 날 저녁이면 "오늘 밤에도 잠 다 잤어요, 선생님!" 하고 정옥이가 가만히 불평하며 돌아눕곤 했다. 아니나 다를까. 악당 김, 조 일파의 이 도깨비 악대는 열아홉 살 예과생의 기분으로 지하실을 들었다 놓았다 하곤 했다. 미상불(未嘗不, 아닌 게 아니라 과연) 찬바람이 씽씽 도는 방에 덮을 것도 변변치 않은 을씨년스러운 곳에 들어와서 그들이 소리 없이 가만히 누워 잔다면 그것 또한 정말 서글퍼서 볼 수 없는 일일 것이다. 그러니 그렇게 뒤떠들다 쓰러져 자는 것이 차라리 낫고, 그렇게 굿이라도 한바탕 하는 것이 그들 스스로 우울한 분위기를 깨뜨리는 좋은 방법이기도 하다.

요즘 젊은이들의 심경을 이 합숙소에 와 있으면서 나는 더 많이 이해할 수 있게 되었다. 그러나 몸도 아프고 마음을 정 달랠 수 없을 때는 서대신동으로, 또 초장동 윤초 형 집으로 달아나곤 한다.

"어떻게 거기서 지내간? 하꼬방(작은 판잣집)이라도 하나 짓자."

서대신동 친구 이 여사가 이렇게 말할 때마다, 나는

"그래야겠어."

라고 대답은 하지만, 그것은 정말 태산 같은 일이다. 날개도, 다리도 모두 잘린 나비처럼 나 혼자서는 도무지 어떻게 할 수 없기 때문이다.

"언니 정도 되면 차가 앞문으로 들어왔다 뒷문으로 빠져나가고 다 호화판으로 사는 데, 오늘도 언니가 돌아갈 곳은 지하실 합숙소야."

후배 C에게서 이런 말을 듣고 돌아오던 날은 아닌 게 아니라 기운이 많이 꺾이는 것을 어쩔 수 없었다. 정말이지 이런 내 모습을 남들에게 보이는 정신적 고통이 육체적인 고통보다도 훨씬 더 컸다.

가끔 모르는 독자들에게서 편지가 온다. 대부분 위로와 격려의 고마운 글들이다. 그중 "오래오래 살아 주십시오. 그리고 좋은 글 많이 써 주십시오."라고 했던 손득룡이란 분의 편지가 유독 기억에 남는다. 하지만 오래 살다가 기막힌 꼴을 남에게 보인다면, 차라리 더 늙기 전에 하루라도 빨리 죽는 것이 더 고마운 일이 아닐까도 싶다.

이러한 날 중에 하루는 내게 기적이 일어났다.

진명여고 시절 선배인 윤초 형으로부터 판잣집을 지으라고 재목(材木)을 얻은 것이다.

"자, 이걸 줄 테니, 용기를 내서 시작해봐. 그러고 보면 노 시인도 나만큼이나 주변머리가 없어. 험한 세상 살려면 남의 신세도 좀 져 봐야 해."

윤초 형 말대로 집을 지으려면 적잖은 용기가 필요했다. 널판자를 실어다 놓고, 목수를 불러다 대니, 이것으로는 재목도 모자라고 당장 쓸 것이 우선 없다는 것이다. 그날로 필요하다고 사들인 재목이 자그마치 30만 원어치였다. 그러자 덜컥 겁이 났다. 4, 50만 원만 들이면 조그마한 집을 지을 수 있다고 들었기 때문에 속으로 재목은 있으니 일꾼들 품삯이나 들이면 될 줄로 알았던 것이다.

다음날 또 만 원 가까이 들어야 했다. 그리고 계속해서 못 값이요, 각목이요, 레이션 박스요, 무엇 무엇이요 하는데, 보아하니 그것들 역시 들이지 않으면 안 될 물건들이었다. 나는 속으로 괜한 일을 저질렀다고 후회

하면서도 여기저기 돌아다니면서 돈을 마련했다. 그리고 남들은 이틀 만에 짓는다는 것을 일주일도 더 걸려서 그럭저럭 세워놓고는 부랴부랴 들기로 했다. 이 조용한 데서 글을 부지런히 써서 빚을 갚으면 되지 않느냐고 스스로 격려하면서 소원이던 방 하나를 갖는 행복을 얻은 것이다.

판잣집이든 어디든 자유 천지니 좋다. 이 속에선 내가 먹거나 굶거나 누가 알 것이냐.

"여름 다 나고 왜 하필 추울 때 이 솔밭 사이로 들어오십니까? 진작 지으시죠. 겨울에 여기 바람 굉장합니다."

집을 짓던 이의 말처럼 이 송림에서 불어치는 바람 소리는 흡사 바람이 있는 날 밤바다의 파도 소리 같았다.

"창은 한복판에다 내야 합니다."

하는 것을 우겨서,

"아니에요. 글쎄, 제가 해 달라는 대로만 좀 해주세요. 한복판에서 훨씬 지나 오른편으로 바싹 내켜서 내어주세요."

창에다 바다를 넣기 위해 이렇게 우겨 가며 만든 창으로 나는 바다를 내다본다. 조그만 방에 창이 많으면 춥다고 걱정해주는 것을 고집을 부리고, 뒤에다 창을 또 하나 내놓은 것을 통해서 원대로 솔밭을 내다보게 되었다.

이리로 옮겨온 첫날 저녁이었다. 유리창을 내다보며 저 별들 좀 보라며 좋아한 적이 있다. 그런데 가만히 보니 그것은 하늘의 별이 아니라 바다의 불빛이었다. 배는 안 보이고 불빛만이 보였기 때문에 별이라고 착각한 것이었다.

이리로 옮겨 오고 나서 벌써 달이 소나무 가지에 걸린 것도 쳐다보고 싱거운 둥근달이 송림 사이로 얼굴을 내놓은 것도 보았다. 그러고 보니 그동안 내 산장에도 제법 손님이 다녀갔다. 제일 먼저 들어선 사람은 순희였다. 그녀는 꽃을 사 들고 '선생님!' 하고 부르며 집에 들어서더니, 집이 예쁘다며 조그마한 게 무슨 새집 같다고 했다.

한번은 또 서대신동 친구 이 여사가 오더니,

"야, 이거 크리스마스에 나오는 집 같구나."

라고 해서 모두가 웃었거니와, 새집도 같고, 크리스마스에 나오는 집도 같다는 이 집이 나는 남의 양관(洋館, 서양식으로 지은 집. 즉, 양옥) 부럽지 않게 좋다. 그저 자유로운 내 처소라는 것이 다시없이 좋기 때문이다.

이것을 만들어 놓고부터 나는 어디 나가기가 싫어졌다. 남의 꼴도 보기 싫은 것이 많거니와 또 내 꼴도 남에게 보이기 싫었다. 부득이하게 만날 사람이 있어 다방에라도 나가서 앉아 있으면 정말이지 벌을 서는 것처럼 얼굴이 확확 달아올랐다. 방송국 숲속, 이 집 안에다 내 몸을 감추는 것이 제일이었다.

바람이 지동(地動, 지진)치듯 불어대니 판잣집이 흔들린다. 또 어느 틈에 천장에는 서군(鼠君, 쥐)이 협호(夾戶, 본채와 떨어져 있어서 딴살림을 하게 되어 있는 집채) 살이로 들어왔다. 쥐와 더불어 사는구나——

밤엔 자연 늦게 자게 되고, 아침엔 웬일인지 세 시 반이면 잠이 깬다. 그런데도 건강에는 별 이상이 일어나지 않는다. 조용한 시간에 굶주렸기 때문인 듯하다.

　국숫집 목판 상처럼 나무판자를 뚝딱뚝딱해서 만든 책상에 원고지를 내놓고 턱 앉으니 감개가 무량하다. 책상이라고 하는 것에 마주 앉은 것이 너무도 오랜만이기 때문이다.

　미국으로 날아가는 꿈도, 일본으로 건너가는 꿈도 내게는 아득하기만 하다. 그저 작품을 좀 쓰고 싶은 생각뿐이다. 밥을 좀 며칠 안 먹으면 좋겠다. 세끼 밥을 먹어야 한다는 것은 정말이지 사람을 너무 귀찮게 하는 일이다.

　'시중드는 계집아이라도 하나 있으면 좋겠다.'라던 이 여사가 하루 저녁엔 정말 계집아이를 하나 데리고 왔다. 열아홉 살이라고 했다. 그로 인해 아주 오랜만에 찾은 내 자유는 다시 깨지고 말았다. 이 신입자에 대해서 아무래도 마음이 쓰인다. 빈방에 무슨 방 치울 것이 있나. 아무것도 일거리가 없다 보니, 아이는 밖에 나가 바다를 바라보기 일쑤였고 갑갑해 하는 양이 보기에도 매우 딱했다. 여벌 이부자리도 없고, 또 식량도 그러하고, 아무리 생각해봐도 군식구 하나를 더 챙기기에는 내 실력이 너무 부족했다.

　이런 절박한 사정으로 인해 나는 모처럼 생각하고 데려다준 처녀를 며칠 후 다시 돌려보낼 수밖에 없었다. 그러자 무슨 큰 짐이라도 벗은 것처럼 시원한 감이 있었고, 다시 호젓한 나만의 세계를 갖게 되었다.

　비가 떨어지는 하루아침, 서울에서 가져온 것이라며 숙대 학생 하나가 흰 국화를 대여섯 송이 갖다 주었다. 생일날 조카딸이 새빨간 달리아를 사다 꽂아준 뒤로는 방이 무색하던 차에 나는 그 꽃을 반겨 받아 놓았다. 한밤중에 글을 쓰다가 눈을 주어 보니 국화가 어쩌면 그렇게도 화려할까 보냐. 또 한결 순정적인 것이 붉은 꽃 못지않았다. 그러니 비록 깡통일망정 꽂아 놓아야만 견디겠다 싶었다. 사람 역시 이렇게 가진 것 없이, 차릴 것 없이, 오늘 있다가 내일 버리고 떠나가도 전혀 아깝지 않게 사는 것 또 한 나쁘지 않을 듯하다.

입동이라고 해서 김장 걱정을 하나, 장작 걱정을 하나, 정말 살림하는 식이 사변 이후엔 퍽 간편해졌다. 요즘 와서는 서울 집도 별로 생각이 안 난다. 졸연히(猝然—, 갑작스럽게) 나는 서울로 올라가지 않을 듯하다. 기차역이 가까워서 기적 소리가 유난히 크게 들려온다. 하지만 저 기차를 타고 아무 데고 가고 싶은 마음이 이제는 사라지고 없다. 보고 싶은 사람도 없어졌다. 가고 싶은 곳도, 보고 싶은 사람도 없어졌다는 것은 기막힌 일일 지도 모른다. 그러나 실은 지극히 편한 일이다. 와서 보는 사람마다 "이거 적적해서 어떻게 견디겠느냐?"고 하나같이 첫마디에 이런 인사들을 해주는데, 사실 이 집에 와서 적적해서 걱정된 적은 아직 한 번도 없었다. 나는 적적한 것과 잘사귄다. 또 좋아질 수도 있다.

스승이나 선배도 찾아가 보지 못하고, 친구들도 좀체 찾지 못하며, 그저 숨이 차게 그날그날에 쫓기고 있다. 이렇게 단거리 선수 같은 적막한 삶에서 뒤를 돌아본다든지, 옆을 바라본다든지 하는 일은 있을 수 없다. 오직 앞만 바라보는 수밖에. 그런 점에서 남편이 벌어주는 돈을 길어다 놓은 물 퍼 쓰듯 쓰며 호기를 부리고 사는 여인들은 제비를 어지간히 잘

뽑은 줄을 알아야 할 게다.

　누구에게나 한 번은 닥쳐와서 반드시 지나가야 한다는 이 터널을 나는 지금 지나가는 모양이다. 그런데 아무리 가도 가도 내 터널은 왜 이렇게 길고 끝나지 않는지 모르겠다. 언제나 이 캄캄하고 답답한 터널 속에서 내 인생 기차는 빠져나가게 될 것이냐. 이 어둠과 연기를 훌훌 털어 버리게 어서 좀 환해지고, 푸른 하늘이여 나오너라. 크리스마스에 나오는 집 같다는 내 산장에 오늘도 소나무 가지에서 까치들만 지저귄다.

_노천명, 〈나의 생활백서〉

동화 쓸 때
주의할 점

동화, 동요, 소품문(일정한 형식 없이 일상생활에서 보고 느낀 것을 간단히 쓴 짧막한 글) 세 가지 작법을 90줄에 쓰라는 것은 도저히 못 할 일이니, 동화, 동요를 짓는 이가 주의할 점 몇 가지만 간단히 들어 보기로 하겠습니다. 90줄에 될는지…….

동(童)은 아이(兒)란 동이요, 화(話)는 설화(說話)의 화인즉, 결국 동화(童話)란 아동 설화(兒童說話)라고 할 것입니다. 그러나 아동 이외 사람이 많이 읽거나, 듣거나 하는 경우라도 그것은 아동을 상대로 하는 것이 아니면 안 될 것은 물론입니다. 그러므로 동화가 가져야 할 첫 번째 요건은 아동이 잘 알 수 있는 것이라야 합니다.

요즈음 신문이나 잡지에 실리는 것, 또 《어린이(방정환이 발행하던 잡지)》에 들어오는 원고를 보면 동화를 소설 쓰듯 하느라고 공연한 노력을 많이 하는 것 같습니다. 그러나 그런 것은 동화에 있어서 아무런 효과가 없을 뿐만 아니라 도리어 아동의 머리를 현란(眩亂, 어지럽고 어수선함)하게 만들기

쉽습니다. 알기 쉽게 말하면, 여름 일기의 더운 것을 말할 때 온도가 몇십 도나 되게 덥다고 하면 아이들은 전혀 모릅니다. 그러나 덥다, 덥다 못해 옷을 벗고 물로 뛰어들 만큼 덥다고 하면, 아동은 그 더위를 짐작합니다. 또 의주(義州)에서 부산까지 2천 리쯤 되니까, 굉장히 멀다고 하면 아동은 그것을 짐작 못 합니다. 걸음 잘 걷는 사람이 새벽부터 밤중까지 쉬지 않고 걸어서 스무날 밤, 스무날 낮을 가도 다 가지 못한다고 해야만 그 거리를 짐작합니다. 또 동화를 쓰거나, 이야기하는 사람이 아무리 이상하고 길게 쓰더라도 그것을 읽거나 듣는 아동은 자기가 알 수 있는 것만을 추려갑니다. 아동을 많이 접해 본 사람은 알 것입니다. 그들에게 긴 이야기를 들려주고, 나중에 다시 한번 물어보십시오. 군데군데 뛰어가면서 자기가 아는 것만 골라서 기억하고 있습니다. 영화를 봐도 다른 사실은 전혀 모르고, 개가 자동차를 쫓아가거나, 비행기를 타고 올라가거나, 싸움하는 것밖에는 모릅니다. 그러니 동화 작가나 구연자(口演者, 입으로 연기하는 사람)가 아동이 알지 못하는 말, 아동이 흥미를 느끼지 않는 것을 쓴다면 그것은 괜한 노력만 허비하는 것입니다.

동화가 가져야 할 두 번째 요건은 아동에게 유열(愉悅, 즐겁고 기쁨)을 줘야 한다는 것입니다. 아동의 마음에 기쁨과 유쾌한 흥을 주는 것이야말로 동화의 생명이라고 해도 좋을 것입니다. 교육적 가치는 셋 번째, 넷 번째 문제입니다. 가장 먼저 기쁨을 줘야 합니다. 교육적 의미를 가졌을 뿐 아무런 흥미가 없다면, 그것은 동화가 아닌 이언(俚諺, 예로부터 민간에 전해오는 교훈이나 풍자를 담은 짧은 어구)에 지나지 않습니다. 아무런 교육적 의미가 없어도 동화는 될 수 있지만, 아무런 유열도 주지 못하고는 동화가 되기 어렵기 때문입니다.

끝으로, 동화는 교육적 의미를 가져야 합니다. 다만, 교육적 의미란 너무도 장황하기에 여기서는 그만두겠습니다. 동화에 관해서도 간단하게 나마도 다 쓰지 못하였으니까 약속한 동요는 전혀 못 쓰게 되었습니다.

_**방정환**, 〈동화 작법〉

필연의 요구와
절대의 진실

소설에 관하여

그리 작가로서의 포부라고 할 만한 것도 없습니다. 다만, 나는 어떻게 참을 수가 없어서 창작을 합니다. 그리고 또 나 자신의 생활을 채찍질하기 위해 창작을 합니다. 습관·모순·허위·죄악·투쟁·혼몽… 이 속에 묻혀 사는 많은 인류 중 한 사람으로서 될 수 있는 한 나 자신의 참으려고 해도 참을 수 없는 요구와 절대의 진실로서 되는 창작! 그것에 의해 나는 구원을 얻고자 합니다.

사람으로서의 필연의 요구

그것은 인류 누구에게나 있지만, 세간(世間, 세상 일반)적 생활은 그것을 막고 가리었습니다. 막고 가림을 받고, 요구는 더욱 절실해지는 것입니다. 그리하여 백열(白熱, 기운이나 열정이 최고 상태에 달함. 또는 최고조에 달한 뜨거운 기운이나 열)된 필연의 요구는 기어코 금하려야 금할 수 없이 뜨거운 힘으로 나타나고야 맙니다. 그 참으려야 참을 수 없는 필연의 요구와 절대 진실로 된 창작, 그로 인해 거기에는 항상 새로운 세상이 나타나는 것입니다. 즉, 참된 새 생명이 창조되는 것입니다. 그리하여 일시의 개조나 한때의 창조가 아닌 늘 시시각각으로 창조되는 새로운 생(生) — 그로 인해 우리는 참된 세상으로 나가게 되는 것을 믿습니다. 그리고 나 자신이 민중의 한 사람인 이상 거짓 없는 진실한 나의 요구 역시 민중의 그것과 그다지 다르지 않을 것이며, 그것은 의심할 것도 없는 당연한 것입니다.

민중은 모든 모순과 불합리의 혼돈 속에서, 생존 경쟁이란 진흙 속에서 털벅거리고 있습니다. 그리고 그 생존 경쟁은 향상도 아니고, 새로운 창조도 아니며, 다만 소극적으로 빈궁을 피하고 기아를 면하여 아무것도 아닌 걸아(乞兒 음식을 빌어먹는 아이)와 같은 욕망을 채우려 남의 눈에 들려고만 노력할 뿐입니다. 그 결과, 가난한 사람은 부자에게 자꾸 제 음식을 빼앗기고 있습니다. 비참하게 학대받는 민중 속에서 소수에게나마 피어 일어나는 절실한 필연의 요구의 발로, 그것에 의해 창조되는 새로운 삶은, 이윽고 오랜 지상의 속박에서 해방될 날개를 민중에게 주고, 민중은 그 날개를 펴서 참된 생활을 향해 날게 되는 것이니, 거기에 비로소 인간 생활의 새로운 국면이 열리는 것입니다. 그리하여 항상 쉬지 않고 새로 창조되는 신생(新生)은 민중과 함께 걸어갈 것입니다.

이와 같은 생각이 내게는 헛일로 돌아가지나 않을지 그것은 지금 알 수 없거니와 여하튼 생각은 늘 그러하고 있습니다.

_방정환, 〈작가로서의 포부〉

소재 빈곤의
난관에
부딪힐 때

작가라면 누구나 한 번쯤 소재 빈곤이라는 난
관에 부딪히곤 한다. 위대한 생활적 체험이 없는 이상, 작가는 독서 · 견
문 · 상상에서 재료를 구할 수밖에 없다. 그러나 그것 역시 무진장(無盡藏,
매우 많음)의 상맥(想脈, 생각의 맥)은 아니다. 따라서 작가 개인의 이상과 직업
의 변이를 풍부하게 하거나, 여행을 자주 다니는 것이 좋다. 만일 그것이
불가능하다면 거기에 필적할 만한 여러 가지 조건을 갖춘 문학 사회를
가져야만 한다.

_이효석, 〈소재의 빈곤〉

　　　　　　쓰고 싶지 않은 글

쓰기 싫은 글을 억지로 쓰는 것도 못 할 일이지만, 쓰고 싶은 글을 억지로 잘라 가면서 쓰는 것 역시 더구나 못 할 일이다.

작년 가을까지도 쓰고 싶은 글을 쓰고 싶을 때 쓰이는 대로 썼지만, 금년 봄부터는 쓰고 싶지 않은 글을 억지로 쓰기도 하고, 30장이나 40장이라야 될 글을 억지로 20장이나 30장으로 줄여도 써 보았다.

작가의 세계는 창작에 있다고 해도 과언이 아닐 만치 모든 생명을 부어 가면서 쓰는 창작이나마 구속받게 되는 것을 생각하면 미상불 가슴 아픈 일이다.

작년에는 나의 생활을 다른 방면이 보장해주었지만, 금년에는 생활 보장을 '작품'이 하게 되었다. 이렇게 생활 보장 문제도 있거니와 정실 관계도 없지 않다. 눈을 붉히고 와서 조르고 조를 때면 뭐라고 해서 모면해야 좋을지 알 수 없다. 그래도 이것은 친하다는 위세나 있고 하는 일이니 울면서 겨자 먹기로 만부득이('부득이'를 강조하여 이르는 말) 하지만, '원고료'라는 위세를 믿고 와서 조르는 데는 미상불 이마를 찡그리지 않을 수 없다. 물론 돈 때문에 허락하고 쓰는 일이지만, 한번 원고를 가져가면 '네까짓 놈 상관없다'는 태도를 보이니 쓰는 사람으로서는 그처럼 불쾌한 일이 없다. 마치 외상으로 얻어 갈 때는 '아저씨, 아저씨' 하다가 한번 가져가면 '내 아들 내 아들' 하는 격이 되니, 이쪽에서도 안심하고 원고라는 상품을 줄 수 없다.

_최서해, 〈잡담〉

Part 2

작가로 산다는 것

수많은 번뇌와 절차탁마에도 글쓰기를 힘들어했던 대가들의 고뇌와 성찰

쓴다는 것이 죄악 같다
설 때의 유쾌함과 낳을 때의 고통
살이 찢기고, 뼈가 부스러져도
얼마 되지 않은 재주에 눈은 높아서
밥에만 붙어서 어느 겨를에 이상을 펴랴
지층
무섭게도 평범한 나

쓴다는 것이
죄악 같다

글이라고 쓰기 시작한 지 이럭저럭 6, 7년이 되었다. 하지만 글다운 글을 써 본 일이 단 한 번도 없고, 남 앞에 글을 내어놓을 때마다 양심에 부끄러움을 느끼지 않은 적이 한 번도 없다. 살면서 스스로 느낀 점이나 직관보다는 다른 이의 청에 못 이긴 나머지 책임을 면하기 위해 쓴 글이 대부분이기 때문이다. 그러니 글로써 글을 썼다고 할 수 없는 것이다.

더구나 작년에는 몸이 매인 곳이 있어서 그 일을 하느라 글을 쓸 여가는 물론이요, 어떤 때는 밥 먹을 틈조차 없었던 적이 많았다. 그 때문에 어느 잡지나 신문에서 "소설을 써 주오.", "무슨 감상을 써 주오." 하고 요청하면 한두 번은 거절하지만, 세 번째에는 마음이 약한 탓에 차마 거절하지 못하고 승낙하고 만다.

사실 온종일 일하고, 친구들과 어울리다 보면 밤이 늦어서야 겨우 집에 들어가게 되니 펜을 잡으려고 해도 붙잡을 힘이 없어 그대로 자리에

누운 채 잠이 들어 버린다. 아마 이 생활을 아는 사람이라면 어느 정도까지 동정할 것이다.

　원고 마감일이 점점 다가오면 그제야 펜을 잡는다. 사실 몇 사람 안 되는 글 쓰는 이 가운데서 나 한 사람의 창작이면 창작, 감상문이면 감상문을 바라고 믿는 잡지는 경영자의 조급한 생각을 모르면 모르거니와 알고 나서는 그대로 있지 못할 일이다. 하는 수 없이 아침에 눈을 뜨면서 펜을 잡는다.

　나는 이를 일종의 모험이라고 부르고 싶다. 약간의 힌트를 얻어 두었던 것으로 붓을 잡으니, 마치 지리학자나 탐험가가 약간의 모험심과 상상만을 가지고 미지의 길을 떠나는 듯하기 때문이다. 그도 그럴 것이 지금 시작한 첫 구절, 그 뒤에는 과연 어떤 이야기가 이어질지 써 보지 않고서는 도저히 알 수 없다. 거기에 또 얼마나 불충실함과 무성의함, 철저하지 못함이 있을지는 나 자신도 알 수 없다.

　원고를 써서 잡지사나 신문사에 보내면 활자로 박아 내놓는다. 하지만 그것을 다시 읽을 때의 부끄러움이란 다시 말할 여지가 없다. 그래서 그것을 한번 내놓은 뒤에는 다시 읽어 보는 경우가 극히 드물다. 만일 이처럼 창작 생활이 계속된다면, 나는 그 창작이라는 것을 내버려서라도 양심의 부끄러움이 없게 하고 싶다.

　더구나 안으로는 가정, 밖으로는 사회와 같이 내 마음대로 되는 운명을 갖고 태어나지 못한 데다, 정신적으로나 육체적으로 그리 든든하고 풍부한 천품을 타고 태어나지 못한 나로서는 무엇을 깨닫고, 느끼고, 사색하는 것이 아직 많이 부족해 펜을 잡는다는 것이 잘못이라는 생각마저 든다. 그러니 아직 수양해야 할 내게 어떤 요구를 하는 이가 있다면 그런 무리가 없을 것이요, 또 나 자신이 창작가나 문인을 자처한다면 그런 건방진 소리가 없을 것이다. 어떻든, 무엇을 쓴다는 것이 죄악 같을 뿐이다.

_ **나도향, 〈쓴다는 것이 죄악 같다〉**

설 때의 유쾌함과
낳을 때의 고통

창작할 때의 기분을 써 달라는 부탁이다. 그리끔찍한 창작가도 아닌 내가 창작의 괴로움과 기쁨을 적기로서니, 과연 제삼자의 흥미를 끌 수 있으랴. 생각건대, 이름도 모르는 촌부가 평범한 아이를 낳는 이야기에 불과할 것이다. 하지만 위인걸사(偉人傑士, 위대하고 뛰어난 사람)의 어머니도 '어머니'로, 천한비부(賤漢卑夫, 천하고 신분이 낮은 사람)의 어머니도 '어머니'라 할진댄, 나의 작품 낳는 경로를 말하는 것도 무의미한 일은 아닐 듯싶다.

잡담 제(除)하고, 작품의 아기가 설 때처럼 유쾌한 일은 없다. 그 거룩한 맛, 기쁜 맛이란 하늘을 줘도 바꾸지 않을 것이며, 아무리 큰 땅덩어리를 줘도 바꾸지 않을 것이다. 밥을 먹을 때나, 길을 걸을 때나, 또는 눈을 딱 감고 누웠을 때나, 나의 환상 속에서 뛰어나오는 갖가지 인물들이 각각 다른 성격으로 울며, 웃으며, 구르며, 한숨지으며, 속살거리며, 부르짖으며, 내 머릿속 무대에서 선무(旋舞, 빙빙 돌며 추는 춤)를 출 때며, 관현악을 아뢸 때, 나는 모든 것을 잊어버리고, 그저 취하며, 그저 유쾌하다. 더구나 그들이 제멋대로 제 성격에 맞거나 배경을 찾아 형형색색으로 발전해 나가는 광경 ― 혹은 비장, 혹은 처참, 부슬부슬 뿌리는 봄비처럼 유한(幽閑, 조용함)하게, 푹푹 까치놀(석양을 받은 먼 바다의 수평선에서 번득거리는 노을)치는 바다처럼 강렬하게, 백금의 햇발이 번뜩이는 듯, 그믐밤에 비바람이 몰리는 듯⋯. 갖가지 정경이 서로 얽히고설킬 때 이보다 더한 감흥이 어디 있으랴. 이른바 법열(法悅, 참된 이치를 깨달았을 때와 같은 묘미와 쾌감)이란 이를 의미하는 것이리라.

그러나 낳을 때의 고통이란! 그야말로 뼈가 깎이는 일이요, 살이 내리는 일이다. 펜을 들고 원고지를 대하기가 무시무시할 지경이다. 한 자를 쓰고 한 줄을 긁적거려 놓으면 벌써 상상할 때의 유쾌함과 희열은 가뭇없이 사라지고, 뜻대로 그려지지 않는 무딘 붓끝으로 말미암아 지긋지긋한 번민과 고뇌가 뒷덜미를 움켜잡는다. '피를 뽑는 듯한 느낌'이란 아마 이를 두고 하는 말일 것이다.

한껏 긴장된 머리와 신경은 말 한마디가 비위에 거슬려도 더럭더럭 부아가 나서 견딜 수 없다. 몇 번이나 쓰던 것을 찢어 버리고 나의 천품이 너무나 보잘것없고 하잘것없는 것을 한탄하는지 모르리라. 이를 두고 당나라 시인 백낙천은 "내생막작여인신(來生莫作女人身, '내생에는 여인으로 태어나지 마라'는 뜻)"이라고 하였지만, 나야말로 "내생에는 제발 글 쓰는 사람이 되지 말지다."하고 기도라도 올리고 싶다.

이렇듯이 괴로운 노릇이요, 사람의 할 일이 비단 예술뿐이 아님에도 무슨 맛에 '뮤즈(Muse, 작가나 화가들에게 영감을 주는 여신)'의 재촉을 이처럼 심악하게 받을 것이 무엇이냐는 생각도 이따금 없지 않다마는 버리려야 버릴 수 없음을 어찌하랴. 한 달이 채 못 되어 예술의 충동을 걷잡으려야 걷잡을 수 없음을 어찌하랴. 이에 아기 어머니 아기를 낳을 때의 고통을 참다못해 남편의 신을 돌려놓으라는 속담을 생각하고 스스로 웃은 적도 많았다.

얘기가 잠시 빗나갔지만, 여하튼 글을 쓰기 시작할 때는 이토록 괴롭다. 그러나 이틀이고, 사흘이고 이 고통과 번민을 겪고 나면 그다음에는 적잖이 수월해져서 하룻밤을 그대로 밝혀도 원고지 다섯 장을 채 쓰지 못하던 것이 차츰 열 장 스무 장을 쓸 수 있게 된다. 고통의 검은 구름장이 터진 틈으로 유쾌한 빗발이 번쩍하고 빛나는 것이다. 이따금 침침한 구름장을 뚫고 나타나는 눈부신 햇발! 이것조차 없었던들 한 조각 단편조차 이루지 못했으리라.

이렇게 한 편을 만들어놓고, 한 번 읽어보면 뜻대로 아니 된 구절에 눈썹을 잠시 찡그리기도 하지만 알 수 없는 만족감이 가슴에 흘러넘친다. 어떤 분은 다 지어놓은 작품을 뜯어버리기도 한다지만, 나는 한번 완성한 것을 없앨 생각은 꿈에도 없다. 잘생겼든 못생겼든 모두 귀여운 내 자식이기 때문이다. 이에 구구절절이 읽고 또 읽다 보면 감격에 겨운 눈물이 두 뺨을 적실 때도 있었다. 그 눈물 맛이야말로 달기 그지없다! 거룩하기 그지없다!

_현진건, 〈설 때의 유쾌함과 낳을 때의 고통〉

살이 찢기고,
뼈가 부스러져도

나는 지금 내가 살아 있는 이 세상 사람과는 정반대의 길을 걷고 있다. 어떤 뜻을 갖고 그렇게 하는 것이 아니라 어쩌다 보니 그렇게 된 것이다. 그것이 한 성벽(性癖, 굳어진 성질이나 버릇)이 되고, 주의(主義, 굳게 지키는 주장이나 방침)가 되어서 상년(上年, 지난해) 봄부터는 뜻을 가지고 세상과 정반대의 길을 걷고 있다.

그것이 내게 행복이 될지, 불행이 될지는 괘념할 바 아니다. 다만, 내가 걷고자 하는 그 길을 걷지 못할까 싶어 걱정될 뿐이다. 세상 사람들이 그것을 비웃건 깔보건, 그것은 내 알 바 아니다. 나는 다만 '참인간'의 '참생활'이란 목표 아래 내가 옳다고 믿는 것이면 살이 찢기고, 뼈가 부스러져서 피투성이가 되더라도 해 보려고 한다.

나는 늘 괴롭다.

"인생이 괴로우냐? 세상이 괴로우냐?"

나는 송주(誦呪, 불교의 다라니를 외우는 일)처럼 이것을 외운다. 거기서 어떤 철리(哲理, 아주 깊고 오묘한 이치)를 찾으려고 하는 것은 아니다. 너무도 괴로운 끝에 나도 모르게 흘러나오는 소리일 뿐이다.

내 고통을 아는 사람은 없다. 백 명이 넘는 벗이 있건만 그중 내 고통을 아는 사람은 없다. 나를 사랑하고, 나를 이해한다는 사람이 한 분 있긴 하다. 하지만 그 역시 나의 속 깊은 고통은 모른다.

나는 항상 웃는다, 떠든다. 그래서 나를 아는 친구들은 누구나 내가 하하너털웃음을 잘 웃고 왁자지껄 잘 떠드는 줄로만 안다. 그래서,

어떤 이는 나를 '선동 인물'이라고 한다.

어떤 이는 나를 '바람'이라고 한다.

어떤 이는 나를 '생각이 없다'고 한다.

어떤 이는 나를 '푯대가 없다'고 한다.

어떤 이는 나를 '낙천가'라고 한다.

뭐라고 하건 그것은 평하는 이의 마음이겠지만, 나는 지금까지 '나'를 내 뜻에 적합하도록 비판하는 이를 보지 못하였다. 나는 그것이 슬플 것도 없거니와 좋을 것도 없다. 그러니 혹 어떤 때 내가 불평이라도 뿜으면 모두 흥하고 코웃음 칠 뿐이다. 사람이란 자기가 고통이라고 생각하는 범위 안의 고통을 제일 큰 고통으로 여기는 까닭이다.

나는 어제 전차 안에서 눈을 감은 채 공상 속을 달리다가 고통 없이 달게 자는 나를 눈앞에 그려보고는 싱긋 웃으면서 속으로 이렇게 부르짖었다.

"네가 내 고통을 이해한다면 그렇게 평화로운 잠을 이룰 수 없을 것이

요, 내가 네 평화를 가졌다면 이렇게 잠 못 들 리 없을 것이다."

반대되는 성격이 반대되는 성격과 타협하려는 것은 참으로 미련한 일이다. 이 말을 하는 나부터도 그럴지 모른다.

나는 공상의 나라에 늘 마음을 달린다. 워낙 난치의 병으로 광대뼈가 툭 불거진 나는 간단없는(끊임없는) 공상으로 말미암아 나날이 파리하여져(몸이 마르고 낯빛이나 살색이 핏기가 전혀 없음) 간다. 나는 그것이 조금도 아깝지 않다. 스러져 가는 꿈을 좇듯이 열정에 괴인 눈을 멀거니 뜨고 오색이 영롱한 공상의 천지에 이 마음을 끝없이, 끝없이 달릴 때면 나는 한없는 법열(法悅, 참된 이치를 깨달았을 때 느끼는 황홀한 기쁨)과 충동을 느낀다.

시퍼런 칼을 이 심장에 콱 박고 시뻘건 피를 확확 뿜으면서 진고개(지금의 서울 중구 명동에 있었던 고개)나 종로 네거리를 이리 뛰고 저리 뛰어서 온 거리를 이 피로 물들였다면 나는 퍽 통쾌하겠다. 미칠 듯이 통쾌하겠다. 그러나 아직도 내 한편에선 인습의 탈을 벗지 못한 무엇이 나를 잡아당겨서 그것을 실행할 수 없다. 나는 그것을 슬퍼한다.

나는 온갖 고통을 벗으려고 하지 않는다. 벗으려고 하면 벗으려고 할수록 번민이 더 커지는 까닭이다. 나는 어떤 고통이건 사양 없이 받으려고 한다. 받아서 꿍꿍 밟고 나아가려고 한다. 즉, 고통에 이기려고 한다. 사람에게 가장 큰 기쁨이 있다면 그것은 승리의 기쁨이다. 참인간의 참생활이라는 윤리관으로 비참하게 보이는 사실이 이 세상에서 없어지기 전까지 나는 평온한 생활을 요구치 않는다. 양심이 마비된 사람과 우상을 사람 이상으로 숭배하는 사람과는 사리(事理, 일의 이치)를 의논할 수 없는 것이다.

나는 기이(奇異. 기묘하고 이상함)를 보고 신비를 느끼고 싶다. 사람을 보나, 짐승을 보나, 하늘을 보나, 땅을 보나, 사시의 운회와 봄비, 겨울눈, 가물가물한 별, 초하루, 그믐으로 이지러지고 보름이면 둥근 달을 볼 때 놀라운 눈으로 신비를 느끼고 싶다. 그러나 과학의 물에 철저치도 못하게 중독된 나는 그것을 느낄 수 없다. 나는 그것을 슬퍼한다.

사람이란 환경의 지배를 받지 않을 수 없다. 나의 불순한 과거와 거친 현재는 나로 하여금 나 자신을 거칠게 만들었다. 그뿐만 아니라 물질은 나의 자유를 구속한다. 그래서 내 맘은 항상 끓는다.

나는 이 세상 사람과 같이 그렇게 미적지근한 자극 속에서 살고 싶지 않다. 쓰라리면 오장이 찢기도록, 기꺼우면 삼백육십사 절골(折骨. 골절)이 막 녹듯이 강렬한 자극 속에서 살고 싶다.

내 앞에는 두 길밖에 없다. 혁명이냐? 연애냐? 그것뿐이다. 극도의 반역이 아니면 극도의 열애 속에 묻히고 싶다. 그러나 내게는 연애가 없다. 아니 있기는 하지만 그것은 사야만 된다. 나는 연애를 사려고 하지 않는다. 그러니 내게는 반역뿐이다.

나는 평평범범하게 살고 싶지 않다. 등이 휘도록 무거운 짐을 지거나, 발바닥이 닳도록 먼 길을 걷거나, 심장이 약동하도록 높은 산에 뛰어오르거나, 가슴이 터지도록 넓은 뜰에서 소리를 치거나, 독한 술에 취하거나, 뜨거운 사랑의 품에 안기거나—이렇게 지내고 싶다.

삶을 평평범범(平平凡凡. 매우 평범함)하게 요구치 않는 나는 죽음도 평평범범하게 요구치 않는다. 칼이나 창에 심장을 찔리거나, 머리를 담벼락에 탕탕 부딪치거나, 높다란 벼랑 끝에서 떨어져 피투성이가 되거나, 뜨거운 사랑에 녹아 버리거나—이렇게 죽고 싶다. 총이나 아편에는 죽고 싶지 않다. 병이거든 호열자(虎列剌, '콜레라'의 음역어), 그렇지 않거든 급성 폐렴으로 죽고 싶다.

나는 죽음을 즐기지 않는다. 그렇다고 해서 죽음을 두려워하는 것은 아니다. 나는 삶을 사랑한다. 그렇다고 해서 오래 살기를 원하는 것은 아니다. 나는 내가 왜 태어났는지도 알고 싶지 않다. 죽어서 어디로 가는지도 알고 싶지 않다. 그저 이 세상에 태어났으니 이 세상에 있는 날까지 힘과 정성을 다할 것이다.

나는 늘 내 생활을 창조하고 싶다. 파란곡절이 많도록 창조하고 싶다. 산속에 흐르는 맑은 샘처럼 어떤 때는 여울(강이나 바다의 바닥이 얕거나 폭이 좁아 물살이 세게 흐르는 곳)이 지고, 어떤 때는 폭포가 되고, 또 어떤 때는 목멘 소리를 내고 싶다.

나는 예술을 동경한다. 나는 내게 천재와 같은 예술적 재능이 없음을 잘 안다. 하지만 나는 문예를 사랑하며 문예를 짓는다.

내 글은 세련되지 않고 미숙하며, 현란함이 없고, 난삽하며, 푸른 하늘이나 밝은 달처럼 맑고 깨끗한 맛이 없고, 흐린 연못의 진흙처럼 틉틉하다(액체가 맑지 아니하고 농도가 진함)는 것을 나는 잘 알고 있다. 그런데도 나는 문예를 지으려고 애쓴다. 나는 다만 내 가슴에 서리서리 엉킨 정열을 쏟으면 그것으로 족할 뿐이다.

세상이야 욕하거나, 웃거나 나는 내 아들('창작'을 말함)을 사랑한다. 그것은 내 아들이 잘나서가 아니다. 내 아들은 세상에 보이기 무서울 만큼 못났다. 그러나 내 고통을 진실로 말해주는 것은 오직 내 아들뿐이다. 그래서 나는 내 아들을 그 누구보다도 사랑한다. 남이 웃을 때 나는 혼자 운다. 남이 뛸 때 나는 혼자 앉아서 가슴을 친다. 남은 순종하는데 나는 혼자 반역을 한다.

　나는 차라리 울지언정 아첨의 웃음은 짓고 싶진 않다. 나는 차라리 가슴을 치고 엎드려 궁굴지언정 남의 기분에 맞추고 싶진 않다. 나는 차라리 반역에 죽을지언정 불합리한 제도에 순종하고 싶진 않다.

　천만 사람이 서쪽 달을 좇을 때 홀로 동쪽 매화를 찾는 사람! 그에게는 아무것도 없다. 가르쳐주는 이는 물론 붙들어주는 이조차 없다. 다만, 그 가슴에 끓어 넘치는 정열과 금석(金石, 쇠붙이와 돌을 아울러 이르는 말)이라도 뚫을 만한 굳센 의지와 신념이 있을 뿐이다.

　태양은 언제나 동에서 솟는 것이다.

_최서해, 〈혈흔〉

얼마 되지 않은
재주에
눈은 높아서

모 잡지사에 있을 때다. 편집기일이 넘도록
나는 내가 맡은 원고를 쓰지 못하였다. 그것 하나뿐이면 그럭저럭 기일
전에 에누리 없이 들이대었을지도 모른다. 하지만 맡고 있던 일이 워낙
많다 보니, 머리를 자를 여유조차 없었다. 그러나 밥줄이 왔다 갔다 하는
판이라 울며 겨자 먹는 격으로 무슨 짓을 해서든지 2, 3일 내로 맡은 원
고를 쓰지 않으면 안 되었다. 오두미(伍斗米, '쌀 다섯 말'이라는 뜻으로 얼마 안 되는
봉급을 말함)에 절요(折腰, 허리를 꺾음. 즉, 복종)한 것을 탄식하고 인철(印綴, 도장)을
끌러놓던 도처사(陶處士, 중국 진나라의 시인 도연명)가 부럽지 않은
바는 아니건만 눈앞에 절박한 실생활의 실성(實成, 실천)은 그런 것을 본받
기에는 너무도 억세게 내 몸을 옭아매었다.

나는 '두통으로 출근할 수 없다.'라는 편지를 자자구구(字字句句, 각 글자와
각 글귀)까지 두통을 느낄 만큼 써서 회사에 보낸 뒤 아침도 거른 채 방에
들어앉았다. 이렇게 되면 면회사절은 물론이요, 조금이라도 소란하게

굴 만한 것은 모두 경외방축(境外放逐, 일정한 경계의 밖에서 쫓아냄)이다. 심지어 평상시에는 잠시도 잊지 못하던 시계까지도 그 순간만큼은 방축의 분자 속에 들게 된다.

이렇듯 뭔가를 쓸 때면 두 가지 못된 버릇이 발작하곤 한다. 하나는 밥을 굶는 것이고, 나머지 하나는 한적함을 구하는 것이다. 배가 팅팅 부르면 운동 부족으로 연래(年來, 지나간 몇 해. 또는 여러 해 전부터 지금까지 이르는 동안)의 위병도 심히 발작하는 동시에 그 압박으로 인해 생각도 잘 나지 않게 되고, 주위가 소란스러우면 잡념이 정념(正念, 올바른 생각)을 흔들어서 애꿎은 원고지만 찢게 되기 때문이다.

이런 습관이 언제부터 생겼는지는 자세히 알 수 없지만 그것이 큰 고통인 것만은 분명하다. 그러나 그 습성을 너그럽게 받아들일 만한 처지 같으면 문제 될 것이 없겠지만 그렇지 못하니 문제가 되는 것이다. 그중에서도 가장 문제 되는 것은 바로 밥을 굶는 것이다. 그러나 일주일이고 이주일이고 원고를 쓰는 동안 아주 안 먹느냐면 그런 것도 아니다. 낮에는 점심을, 밤에는 밤참 비슷하게 밤낮으로 두 끼만 먹는다. 그 때문에 소화도 잘되고 영양가가 높은 음식이 필요하지만 언제 내 팔자에 그런 호강을 하고 있으랴. 좋으나 궂으나 밥인데, 아침과 저녁은 거르고 점심만 평상시의 절반 정도 먹는 것이 상례(常例, 보통 있는 일)다.

이날도 늘 하던 양으로 아침을 거르고 들어앉아서 안 나오는 눈물 짜내듯이 글을 짜내었다. '수필(首筆, 빼어난 글)은 무택필(無擇筆, 붓을 가리지 않음)' 이라는 말처럼 원체 아는 것이 많고 노숙한 솜씨라면 때와 장소에 얽매이지 않겠지만, 얼마 되지 않는 재주를 가지고, 그래도 눈은 높아서 좋은 글을 쓰려니, 어디 그게 가당키나 한 일이겠는가. 그것은 정말 마음에도 없는 거짓 눈물 내기보다도 더 어려운 일이다. 그러니 애꿎은 곤욕을 받는 것은 원고지와 펜, 잉크뿐이다. 그럴 때마다 참으로 한심하기 짝이 없다. 왜 빈 항아리를 긁기 전에 항아리를 채울 공부부터 하지 않았을까. 왜 그렇게 없는 것을 박박 긁어가면서까지 열심히 글을 쓰지 않았을까.

누군들 그것을 한심하게 생각하지 않으랴만, 나로서는 정말 어찌할 수 없는 일이었다. 일전의 절박한 현실은 그렇게라도 하지 않으면 안 되게 만들었기 때문이다. 또한, 내가 지금껏 배운 무기 역시 그뿐이라, 그밖에는 더 도리가 없다. 근래 들어 뭔가를 쓸 때마다 이런 생각이 자주 들어 나는 나 자신이 한없이 부끄러워 쓰린 가슴을 매만지곤 한다.

"노루 때린 몽둥이를 삼 년이나 우려먹는다."라는 속담이 있다. 그처럼 매번 똑같은 제재를 갖고 천편일률적으로 써먹는 것을 생각하면 부끄럽기 그지없고, 항상 똑같은 핑계를 대는 것 역시 가슴이 저린다.

이날도 이런 생각으로 인해 공연히 뒤숭숭한 마음을 겨우 붙잡아가며 한 줄 두 줄 끼적거렸다. 다행히 정오가 가까워지면서 거칠었던 생각에 기름기가 돌아 붓끝이 어느 정도 미끄러지게 되었다. 그런데 그때,

"××!"

하고 누가 나를 찾는 소리가 들려왔다.

"안 계십니다."

하는 것은 아내의 목소리였다.

"안녕하십니까? 어디 가셨어요?"

하면서 그 사람이 안으로 들어오는 소리가 들리기에 뜰아랫방에 있던 나는 미닫이를 가만히 닫았다. 2, 3일 전에 원산에서 올라온 원 군이었다. 그와는 고향 친구 사이로 어제 회사에서 만나 오늘 정오에 다시 회사에서 만나자고 약속하였던 것이 언뜻 생각났다. 이에 미닫이를 다시열려다가 아내가 없다고 대답한 것이 생각나 잠시 멈칫하였다. 순간, 미안한 마음을 금치 못한 한편 행여 내가 있는 것을 눈치나 채지 않았을까하는 생각에 숨도 크게 쉴 수 없었다. 원고는 물론 쓰지 못하였다.

그는 더운지 부채질을 하면서 닫아놓은 미닫이 앞 툇마루에 앉았다. 나는 마음이 뭉클하면서도 얼굴에 모닥불을 끼얹는 것만 같았다. 숫제창을 열고 전후 얘기를 해버릴까도 싶었지만 막상 그를 대하면 무안할것 같은 생각에 차마 용기를 낼 수 없었다.

복중(초복에서 말복까지의 사이로 가장 무더울 때)에 문까지 닫아놓고 앉아서 숨도 크게 못 쉬게 되니 그야말로 자승자박(自繩自縛, '제가 만든 줄로 제 몸을 옭아 묶는다.'라는 뜻으로 말과 행동을 잘못하여 스스로 옭아맴을 비유하는 말)이 따로 없었다.

다행히 그는 잠시 후 돌아갔다. 이에 다시 문을 열고 펜을 잡았지만 한번 흐트러진 생각을 수습하기는 어려웠다. 할 수 없이 이미 써놓은 것을읽기도 하고, 담배도 피우면서 억지로 그것을 잇대어 쓰려는데, 그 친구가 다시 집으로 뛰어들지 뭔가. 깜짝 놀란 나는 미닫이를 닫는 것도 잊어버린 채 황망한 표정을 지었다.

"회사에 전화를 걸어봤더니 몸이 아파서 집에 드러누워 있다고 그럽

디다. 그래, 집에도 없다고 했더니, 그럼 어디 갔을까요? 라고 하더군요. 하하, 어디로 도망이라도 갔나 봅니다! 저녁에 다시 오지요."

그 소리에 나는 이마를 찡그리지 않을 수 없었다. 회사에다 거짓말한 것이 여지없이 들통 났기 때문이다. 자자구구까지 두통을 앓을 만큼 편지를 써서 보냈는데, 그 친구로 인해 모든 것이 거짓으로 밝혀졌기 때문이다. 내일 회사에 가서 뭐라고 변명해야 할지 벌써 머리가 아파왔다.

원고라도 끝이 났으면 그 때문이라고 호언장담이라도 하겠는데 그것도 이제는 글렀다. 이에 이러지도 저러지도 못하고 땀만 흘리고 방에 들어 낮아서 하루를 다 보낸 것을 생각하니 가슴속에서 슬그머니 화가 치밀었다.

나는 쓰던 원고를 그만 찍찍 찢어버린 후 취운정(翠雲亭, 서울 북촌에 있던 정자)을 향해 올라갔다. 맑은 하늘, 흰 구름, 푸른 그늘, 서늘한 송풍(松風, 소나무 바람)! 이런 것 하나도 자유롭게 찾지 못하고 더운 방안에 들어앉아 애쓰는 내 그림자를 생각하니 적이 가긍(可矜, 불쌍하고 가엾음)스러웠다.

_최서해, 〈면회 사절〉

밥에만 붙어서
어느 겨를에
이상을 펴랴

밥만 먹으면 사느냐 하면 결코 그런 것만도
아니다. 사람에게는 밥 외에도 다른 요구가 수두룩하다. 그럼으로써 인
류의 생활은 향상되는 것이다. 아주 엄밀하게 말하자면 밥은 사람의 목
적은 아니다. 살려니까 밥을 먹는 것이지 밥을 먹기 위해서 사는 것은 아
니기 때문이다. 이것은 누구나 부인하지 않는 사실이다. 하지만 그렇다
고 해서 밥을 무시할 수는 없다. 무시할 수 없는 것이 아니라 무시해서는
안 된다. 사람은 밥을 위해서 별별 짓을 다 한다. 같은 이목과 구비를 갖
고도 같은 사람에게서 학대를 받는 것도 10이면 8, 9는 밥 때문이다.

밥은 생명이다. 사람은 누구나 생명을 사랑한다. 그 때문에 어디를 가
든지 자기 생명을 잊지 않는다. 잠을 잘 때도 그는 자기 생명을 무의식중
에 의식한다. 잠자다가 꿈에 호랑이에게 쫓겨 돌아다니다가 어떤 벼랑
에서 떨어져 깨어 보면 전신에 차가운 땀이 쭉 흘렀더라는 것은 누구나
하는 말이다. 자기 생명을 아끼는 것은 사람의 한 본능이라고 어떤 학자

는 말하였다. 이것은 학자의 말이 아니라도 누구나 느끼는 철학일 것이다. 밥은 이러한 생명을 유지하게 하는 영양소다. 그러므로 사람이 밥을 애써 구하는 것은 자기 생명을 애써 구하는 것이다.

사람은 자기 생명을 아낄 줄만 아는 것이 아니라 한 걸음 더 나아가 그 생명을 더 충실하게, 더 아름답게, 더 길게, 더 자유롭게 하려고 애쓴다. 사람들이 밥! 밥! 하고 눈이 뒤집혀서 돌아다니는 것도 그 요구를 채우려는 데 불과한 것이다. 하지만 밥에만 집착해서 일생을 보낸다면 그 생명은 생명으로서 아무런 가치도 갖지 못한다. 그 까닭은 밥은 물이나 태양처럼 우리 생명의 영양소는 되지만, 우리 생명의 이상이나 목적은 될 수 없기 때문이다. 생명이 없는 사람에게 이상이니, 목적이 있을 리 없다. 그러니까 아무리 훌륭한 이상을 가슴에 품은 사람이라도 밥이라는 조건이 이미 구비하여 있다면 모르지만, 그렇지 않으면 무엇보다도 먼저 —— 즉, 자기 이상을 실현하기 전에 밥부터 구할 것이다. 그래야만 그의 생명이 붙어 있을 것이요, 생명이 붙어 있어야만 목적을 달성할 수 있기 때문이다.

이렇게 선결문제는 결국 밥으로 돌아가고야 만다. 위에서도 말하였거니와 그렇다고 해서 밥에만 집착하고, 밥에만 백 퍼센트의 정력을 들이라는 것은 결코 아니다. 하지만 백 퍼센트의 정력을 밥에다가 깡그리 허비하고도 부족해서 쩔쩔매는 것이 우리 없는 사람들의 생활이다. 있는 사람들은 남은 정력을 허비할 때가 없어서 쩔쩔매는데, 우리는 정력의 밑바닥까지 박박 긁어 바치면서도 그날그날의 생명을 연장할 만한 영양소도 얻지 못해서 처자의 굶는 꼴을 눈 뜨고 보지 않으면 안 된다. 그러니 어느 겨를에 예의를 닦고, 어느 겨를에 아름다운 이상을 펴랴.

이대로는 차마 견딜 수 없는 일이다. 말라 들어가는 혈관의 피가 한 방울 두 방울 줄어드는 때 우리의 의식도 모든 것을 잊을 것이다. 이러면서라도 죽는 날까지 기다린다면 그것은 별문제지만, 적어도 가슴속에 뜨끔한 무엇이 있다면 우리의 마음 한 귀퉁이에 피어오르는 구름 조각은 무심한 것이 아닐 것이다.

참말 한심한 생활이다. 아침부터 밤까지 생활을 주판질해보면 밥에만 붙어서 —— 별별 곤욕을 다 겪어 가면서까지 밥에만 붙어서 허덤벙대고도 결국은 곯으니 우리는 우리 생명을 —— 그 귀중한 생명을 희생해 가면서라도 근본적 해결을 요구하여야만 할 것이다.

_최서해, 〈근감〉

지충

* 지충(紙蟲) ― 종이를 갉아 먹는 벌레

문필이 생업이고 보니 종이를 먹어 없애는 것이 일이기는 하지만, 나 같은 사람은 원고용지 하나만 하더라도 손복(損福, 제 복을 덜어 잃음)을 할 만큼 낭비가 많다.

얼마 전 안서(岸曙, 시인 김억의 필명)를 만나 차를 마시면서 들은 이야긴데…. 동인(東仁, 소설가 김동인)은 집필을 하려면 오십 매면 오십 매, 백 매면 백 매, 예정한 분량만큼 원고용지에다가 미리 번호를 매겨 놓고서 쓰기 시작한다고 한다. 그만큼 그는 단 한 장도 슬럼프를 내지 않는다는 것이다. 이, 단 한 장도 슬럼프를 내지 않는, 그래서 자신만만하게 미리부터 원고용지에다가 번호를 매겨 놓고는 새끼줄 뽑아내듯 술술 써 내려가고 앉았을 동인의 집필 광경이 그만 밉상스러울 만큼 마음에 부러움을 어찌하지 못했다.

혹시 동인 같은 예야차라리 특이한 예외의 재주라고 해도 춘원(春園, 소설가 이광수의 호)은 처음 이삼 매가량 슬럼프를 내곤 하지만, 그 고비만 넘어서면 이내 끝까지 거침새 없이 붓이 미끄러져 내려간다고 하고, 또 나의 동배(同輩, 나이나 신분이 서로 같거나 비슷한 사람)들도 더러 물어보면 첫머리 시작이 몇 장쯤 그러하고 중간에서도 오다가다 슬럼프가 나지 않는 것은 아니나 별반 대단치는 않다고 하니 그런 이야기를 들으면서 일변 나를 생각하면 때로는 한숨이 나오기도 한다.

단편 하나의 첫 장에(초고 말고라도) 항상 이삼십 매쯤 버리기는 예사요. 최근에는 일백삼십 매짜리 〈패배자의 무덤〉에서 삼백이십 매의 슬럼프를 내본 기록을 가졌다. 단면(單面) 일백삼십 매짜린데 양면 삼백이십 매의 원고용지니 총 육백사십 매인 셈이다. 좀 거짓말을 보태면 원고료가 원고용지 값보다 적어서 밑지는 장사를 하는 적도 있을 지경이요. 사실 그 정갈한 원고용지가 보기에 부끄러울 때도 있다.

아마 '소설 쓰는' 공부도 공부려니와 아직은 '원고 쓰는' 공부도 나 같은 사람에게는 긴한 게 아닌가 싶다. 계제에 누구든 슬럼프 많이 내지 않고 원고 잘 쓰는 비결이 있거든 제발 공개해주면 솜버선이라도 한 켤레 선사하지.

_채만식, 〈지충〉

무섭게도
평범한 나

무섭게 평범한 나다. 그러고도 재물이라고는 캐러멜 한 갑 빠지지 아니하는 공첨(空籤, 꽝. 즉, 당첨되지 않은 제비)을 뽑아가지고 세상에 나온 인생이건만, 해마다 섣달그믐이면 영락없이 나이 한 살씩은 먹어야 할 의무를 강제 받은 ○○군적 존재다.

그런 철 저런 철 모르던 때는 역시 그런 것 저런 것 모르고 나이도 먹고 세배도 했다. 열 살 안 적에는 설빔과 세뱃돈 맛에 세상에 둘도 없이 기뻤었고, 이십 대에는 인생이 늘 이렇지 무슨 변하랴 싶어 걱정이 없었고(그러면서도 배운 풍월로 장히 섭섭한 체하는 센티한 문자적 유희를 하였지만), 그러다가 삼십 대를 척 디디고 넘어서는 1밀리의 에누리도 없는 전내기(全——, 물을 조금도 타지 않은 술) 한숨이 나도 모르게 후—내쉬어진다.

"또 한 살을……"

표절의 폄(貶)을 받는 한이 있더라도 '만감교지(萬感交至, 온갖 느낌이 교차함)'라는 문구를 차용 안 할 수 없다.

109

우울의 인플레다. 그래도 낙일(落日, 지는 해) 같은 여세가 있는지 알코올의 자극을 받으면 우울함이 울분으로의 전화(轉化, 다르게 되게 함) 폭발한다. 비틀거리며 밤 깊은 거리에서 아무도 듣지 아니하게 기염을 토하며, "시일(是日, 그날)은 조상(弔喪, 남의 죽음을 슬퍼함)고?" 하고 외친다. 그러나 그다음 말은 "나는 영웅을 기다린다."라고 창작한다. 한심한 기염이여! 두 개의 선이 선명하게 보일 변화로부터 오는 굵다란 자극을 받고 싶다.

7월 열흘 이후 창작은 고사하고 수필 한 토막 변변히 쓰지 못하였다. 일에 얽매어 시간이 없다고 남한테는 변명한다. 그러나 남은 속였어도 나는 속이지 못한다. 밤을 새워가며 술을 퍼먹고 다니고 찻집 출입을 일과로 하고… 탐구와 천착(穿鑿, 어떤 원인이나 내용 따위를 따지고 파고들어 알려고 하거나 연구함)으로부터 교활하게 고의로 눈을 돌린 것이다. 무엇보다도 움켜쥘 대상을 알 수 없다. 행여 정신이 들어 잠들기 전 한 시간이나 잠 깬 아침 몇 분 동안 이부자리 속에서 보이지 않는 형상을 포착해 보려고 지친 신경을 학대해보지만, 도무지 몽롱한 것이 눈앞에 어른거릴 뿐 정체는 보이지 않는다.

세상은 '리얼리즘'을 말한다. 그것은 마치 요즘 젊은 사람이 그린 계통의 양복을 입는 것과 같이 문단의 한 유행이 된 감이 있다. 그것을 보고 일부에서는 '소설'을 관에다 넣어 발자크(Honore de Balzac, 프랑스의 소설가로 사실주의의 선구자)와 합장하려고 한다. 발자크의 새로운 음미나 문학적 유산을 상속받는 것은 좋다. 그러나 현대 리얼리즘이 결코 발자크로의 복귀는 아닐 터이다.

어떻게 '리얼'시켜야 할 것인가?

이것은 발자크의 재음미에서 그 일단이 엿보여질는지 모른다. 그러나 발자크의 묘사가 그 해답은 아닐 것이다.

나는 나의 저회(低廻)와 미암(迷暗)의 발원을 알고는 있다. 그러나 그뿐. 그 이상 더 찾을 재주도 없고, 더구나 그것에 일조(一條, 한 줄기)의 광명 같은 것을 비춰줄 힘은 전혀 없다.

그러니까 나는 눈발 머금은 세모의 하늘과 같이 무겁고 우울하다. 지구 덩이를 집어 들고 불이 이글이글한 태양을 향해 '호강나게(砲彈投, 포탄 던지기, 즉 투포환)'나 해버렸으면…

　　　　　　　　　　　　　　　　　　　_채만식, 〈저회 미암의 발원〉

　　　　　* 저회 미암(低廻迷暗) ── 수준이 낮고 우둔함

나의
집필 태도

작품을 쓰는 데 있어 나는 실제로 붓을 들고 쓰는 시간보다 붓을 들기 전까지 걸리는 시간이 훨씬 더 길다. 테마(주제)를 정했다고 해도 구성이 잡히지 않으면 붓을 들 수 없고 또 구성이 되었다고 하더라도 시작해야 할 서두가 떠오르지 않으면 붓을 들 수 없기 때문이다. 서두에서 그 작품이 말하려는 전체의 의미를 단 한 마디로 던져 놓아야만, 그러면서도 그것이 어감도 좋고 평범한 말이 되지 않아야만 붓끝에 흥이 실리게 된다. 첫마디가 흡족하지 않으면 몇 날 며칠 또는 몇 달, 심지어는 해를 넘겨 가면서까지 생각을 거듭해본 적도 있다.

지금까지 써 온 작품 중 어느 정도나마 첫마디에 그 작품 전체의 의미를 던져 놓았다고 생각되는 것은 단 두 편뿐이다. 〈유행기〉와 〈캥거루의 조상〉이 바로 그것이다. 그러나 이 두 작품은 청탁 없이 썼던 것으로 기한의 제약이 없었음은 물론 무한정으로 생각할 수 있는 여유가 있었다. 만일 기한이 정해져 있는 작품이었다면 그렇게 무한정으로 내 본래의 태도

(취미라고 함이 어떨까)를 고집할 수는 없었을 것이다.

첫마디를 생각하다가 기한이 다가오면 본래의 태도를 버리고 안이한 수법을 쓰게 된다. (나는 이를 안이한 수법이라고 생각한다) 그것은 미리 구성해놓은 내용의 10분의 3정도를 처음 위로 잘라놓고 10분의 4정도에서 첫 서두를 쓰되, 그 부분의 사건 중에서 가장 매력적인 이야기를 골라 한마디 던져 놓고 앞으로 써 내려 가면서 위에 잘라 놓았던 부분을 1, 2, 3의 순서로 형편을 봐가면서 적당한 곳에 간간이 삽입한다. 이렇게 하는 것이 경험으로 볼 때 구성을 크게 헤치지 않고 무난하게 글을 전개할 수 있기 때문이다. 그 결과, 붓만 들면 일사천리로 붓끝이 달린다. 평균 한 시간에 십 매 정도 될 것이다. 그러나 한 절이 끝나고 다른 절이 시작될 때는 또 시간이 걸린다. 거기서도 역시 첫마디가 마음에 들어야 하며, 부분의 취사선택이 중요하기 때문이다. 이런 고비를 거치며 달리기 시작한 붓은 그 작품이 끝날 때까지 밤이고 낮이고 아니 며칠이라도 계속된다.

이렇듯 집필에 들어가게 되면 나는 붓을 놓을 수가 없다. 놓았다가는 더는 쓸 수 없기 때문이다. 6, 70매의 단편을 쓰는데 보통 이틀이 걸린다. 그러나 작품이 끝났다고 해서 모든 것이 끝난 것은 아니다. 표제(標題, 제목) 때문에 더 시일이 걸리기 때문이다. 실로 나는 이 표제에 무척 신경을 쓴다. 하지만 구상 도중에서부터 생각하는 표제를 작품이 끝남과 동시에 붙여 본 예는 지금까지 단 한 번도 없었다. 특히 〈캥거루의 조상〉은 표제를 붙이기까지 상당한 시일이 필요했다.

_계용묵, 〈나의 집필 태도〉

인생도 모르는 데
소설은 써서
뭐 하랴

　　나는 지금도 소설과 인생이 무엇인지 잘 모른다. 처음 소설이란 것을 쓰기 시작했을 때도 소설이 무엇인지 모르고 썼다. 물론 인생이 무엇인지도 몰랐다.

　소설이 무엇인지 모르면서 소설을 쓰는 동안 나는 소설이 무엇인지 비로소 알 것만 같았다. 인생이 무엇인지도 알 듯했다. 그래서 인생을 알고 소설을 쓴다고 소설을 써왔다. 하지만 이렇게 인생을 알고, 소설을 알고, 소설을 써 오는 동안, 내가 아는 인생이 그 전부가 아님을 알게 되었고, 내가 쓰는 소설 역시 소설이 아님을 알게 되었다. 그래서 인생을 알기 위해 붓을 떼고 말았다. 인생을 모르는 소설이 무엇인지 모르면서 인생을 말하는 소설을 쓸 수 없었기 때문이다.

　지금 나는 인생이라는 것은 고사하고, 나 자신이 누구인지도 모르면서 살고 있다. 만일 이런 것이 인생이라면, 그리하여 저 자신이 누구인지도 모르는 인생을 찾는 것이 소설이 갖는 임무라면, 그것을 쓸 수도 있을 것이다. 그러나 나 자신이 무엇인지도 모르는 이 인생에 차마 흥미를 느낄 수는 없다. 더욱이 흥미 없는 인생에 붓끝이 가게 할 수는 없으니, 얼마 동안은 소설에 붓을 대지 못할 것이다.

오늘 이 자리에서 내가 인생을 알게 된다면, 그리하여 인생에 흥미를 느끼게 된다면 다시 붓을 들 것이다. 아마, 그렇게 된다면 나는 과학과 싸우는 소설을 쓸 것이다. 과학의 위력을 두드려 부수는 것이 오늘날 우리 인생이, 진실한 인생만이 느낄 수 있는 통절한 부르짖음이어야 할 것 같기 때문이다.

과학의 힘과 예술의 힘을 맞비겨 보라. 과학은 지금 이 우주를, 이 인생을 진탕 치듯 짓이기고 있다. 동양 사상이 약시약시(若是若是, 이러이러하다) 하면서 춘향의 절개를 가상하다고 무릎 치고 앉았다가 화성인(火星人)과 악수를 하게 된다면 그때도 우리 인생은 예술을 말하고 살까. 또한 그때도 인생이란 것이 존재할까.

나는 오늘의 인생이라는 것을 정말 모르겠다. 화성인과 악수하려고 인생을 배반한 인생을 어찌 알 수 있단 말인가. 나 개인은 나 자신에 불과하다. 하지만 나도 이렇게 살아가고 있으니 인생의 일원임은 분명하다. 인생의 자격으로서 나는 지금 정신이 얼떨떨하다. 그래서일까. 지금 내 붓끝은 한참 먼 산을 바라보고 있다.

_계용묵, 〈내 붓끝은 먼 산을 바라본다〉

글이란
제 피로
아로새겨지는 것

소설가가 되겠다며 소설에 손을 대었던 일을 지금 생각하면 참으로 아찔한 모험이었다. 다른 분야의 학문이라면 연구하는 만큼 거둬지는 성과에 따라 그만한 행세를 할 수 있지만, 소설이야 연구하는 만큼 거둬지는 게 아니기 때문이다. 그러니 쉽게 행세할 수도 없을 뿐만 아니라 어느 정도 일정한 수준을 돌파해야만, 그리하여 문단에서 어느 정도 인정받아야만 비로소 행세하게 되는 것이요, 그러기 전에는 대학 문과 몇 개를 나왔다고 해도 인정받을 수 없다.

이렇게 소설이 힘든 것인 줄도 모르고, 나는 소설을 쓰겠다고 덤벼들었다. 발표만 하면 소설가가 되는 줄 알았다. 하지만 이는 한낱 공상에 지나지 않았다. 아무리 투고를 하고 발표를 해봐야, 문단은 반응조차 없었다. 그러다가는 십 년 공부 나무아미타불이 될 것 같아서 일시적으로나마 다른 방면으로 방향을 돌려볼까도 생각해봤지만, 전공(前功, 이전에 세운 공로나 공적)이 가석(可惜, 몹시 아까움)할 뿐이었다. 그렇다고 그대로 버티자니 아무래도 그 성공 여부를 장담할 수 없어서 마음이 늘 초조하기 그지없었다.

소설 공부란 마치 전 재산을 다 털어 바치고 금광을 바라는 모험과도 같았다. 거기에다 한번 물든 이놈의 문학이란, 도대체 어떻게 생겨먹은 것인지 붓대조차 쉽게 놓지 못하게 하여 밤낮 책상 앞에 붙들어 앉혀 놓고 세월이야 가든 오든 제멋에 취하게 하여 자꾸만 뭔가를 쓰게 만들었다.

글을 쓴다는 것은 제 살을 깎는 것과도 같았다. 쓰면 쓰는 만큼 건강이 부쩍 축났다. 그제야 나는 글이란 제 피로 아로새겨지는 것임을 알게 되었다. 그러자 문득 깨달은 바가 있었다. 내 피로 아로새겨진 것이야말로 내 생명이 아닌가 하는 것이다. 그리하여 글을 쓰다가 죽는 한이 있어도 좋다는 젊은 혈기가 이런 모험에 주심(柱心, 중심)을 북돋워 주었다. 그까짓 성공이야 하건 말건, 내 생명을 살리기 위해서라도 그저 소설만 쓰면 그만이라는 생각을 언제부터인가 하게 된 것이다.

그때부터 다시 마음을 다잡고 각국의 명작이란 명작은 모조리 쌓아 놓고 읽으며 부지런히 글을 쓰기 시작했다. 투고를 통해 자시(自恃, 자기 자신의 능력이나 가치를 믿음)의 역량을 저울질하기도 했다. 하지만 발표는 될지언정, 문단의 반응은 여전히 없었다.

소설에 붓을 대고 허비한 시간이 무려 10여 년. 십 년 적공(十年積功, 무엇이든 한가지를 10년 동안 하게 되면 성공한다)이라는 말도 있는데, 이놈의 소설 공부는 십 년 적공에도 등용문이 절대 열리지 않았다. 과연, 위험한 길이었다. 내 능력이 부족한 원인도 있겠지만, 원체 이 문단국(文壇國, 문인들의 세계)의 등

용문 담당 수위가 높아서 좀처럼 문이 열리지 않은 것도 한몫했다.

사실 그때까지도 나는 소설을 쓰면서도 소설이 무엇인지 잘 몰랐다. 구성이니, 묘사니, 표현이니 하는 데 있어 그 어느 하나에도 말 한마디, 글자 한 자의 차이로 소설이 되고 안 되는 것임을 몰랐기 때문이다. 그러다가 말 한마디, 글자 한 자의 차이로 내 글이 남의 것만 못한 것임을 비로소 알게 되었다. 하지만 그 말 한마디, 글자 한 자의 차이라는 것이 또한 그리 수월한 것이 아니었다. 그렇다고 해서 그것이 일조일석(一朝一夕, 하루아침과 하룻저녁이란 뜻으로, 짧은 시일을 이르는 말)에 이뤄지는 것도 아니었다. 그런 것을 그저 그대로 자꾸 쓰다 보니, 어느 틈엔가 내 이름 뒤에도 소설가라는 레테르(letter, 상표)가 붙게 되었고, 이런 글을 써 달라는 청탁도 받게 되었다. 그러나 아직도 내가 쓴 글을 검토할 때마다 결점투성이임을 발견하게 된다. 그러니 아직도 소설가로서의 꼬리가 완전히 떨어지지 못한 올챙이에 불과하다.

_계용묵, 〈나는 이렇게 소설가가 되었다〉

나의
예술 생활과
고독

나는 언제나 내가 예술가라고 자처한 적도 없고, 나를 예술가라고 불러준 사람도 없다. 무엇보다도 내가 예술가로 행세하고 싶지 않다. 그러나 만일 내가 예술가의 말석이라도 차지하였다고 하면, 나는 매우 고독하고 쓸쓸한 사람이라고 말하고 싶다. 그만큼 나는 예술에 있어서 벗도, 지지자도 없다. 누구보다도 더 외롭고 적막한 삶을 살아왔기 때문이다.

얼만 전 장난삼아 어떤 관상가에게 얼굴을 보인 적이 있다. 그는 중언 복언(重言復言, 한 말을 자꾸 되풀이함) 여러 말을 한 후 '洞庭秋月 三雁孤飛('동정호에 비치는 가을 달, 세 마리의 기러기가 외롭게 날아간다.'라는 뜻으로 외로움을 뜻함)'라고 내 상을 평하였다. 나는 관상가의 모든 말을 믿지는 않지만, 그 말만은 지당하다며 무릎을 쳤다. 그만큼 나는 매우 외로운 사람이다.

어떤 시인은 고독을 '내 영혼의 궁전'이라고 노래하였지만, 나는 반생을 살아오는 동안 고독을 나의 궁전으로 여기고 '삶'의 길을 묵묵히 걸어

왔다. 그런 점에서 나는 고독을 매우 좋아한다. 아무도 없는 방에 고요히 누워 천정을 바라보며 묵상을 하거나, 그렇지 않으면 외로운 산길을 혼자 걷는 것이 한없이 좋다. 또한, 산 아래 숲속에 들어가서 팔짱을 끼고 깊은 생각에 잠겨 있으면 마치 날개를 달고 창공을 나는 새가 된 것처럼 상쾌하고 시원하기 그지없다. 그 때문에 어떨 때는 아내가 옆에 있는 것도 싫고, 아이들이 옆에 있는 것이 귀찮을 때도 있다. 이에 몇 해를 두고 홀로 다른 방에서 거처하며 고적함을 만끽하기도 했다. 그러다 보니,

"당신은 괴물이에요."

하는 아내의 비웃음을 사기도 했고, 친구들로부터 이상한 취급을 받은 적도 있다. 그러나 애당초 생긴 성질이 이래서 누구와 사귀는 것도 싫고, 누군가를 찾는 것도 귀찮아, 사교와는 아예 장벽을 쌓고 말았다.

그런 생활에서 나오는 나의 예술은 매우 선이 가늘고 고독하다. 감상적인 옛 모습을 버리지 못하고, 일종의 치기(稚氣, 어리고 유치한 기분이나 감정)에 가까운 글을 쓰게 된다. 이에 "불탄 강아지 같은 '센티멘털리즘'이니, 과부의 하소연 같은 세기말적 글"이니 하고 악평을 받은 일도 있다.

사실 그 사람들의 평가가 지당하지 않은 것은 아니다. 그러나 나의 성격이 그렇고, 나의 환경이 그러함에는 어쩔 수가 없다.

나의 예술을 그런 세기말적 상아탑 속에서 끌어내기 위해 나만의 고독을 버리고 흙냄새와 발걸음 소리가 요란한 리얼리스틱한 예술을 쓰고자 노력하지 않은 것은 아니다. 그러나 천래(天來, 타고남)의 성격을 후천적 노력으로 교정하는 것은 적잖이 어려운 일이었다. 아울러 제2의 성격을 가

지고 새로운 예술에 진출하는 것 역시 쉽지 않았다.

고독한 성격과 고독한 예술을 청산하기 위해 나는 갖은 노력을 다해보련다. 흙냄새와 공장 냄새 나는 리얼리스틱한 예술을 쓰기에 내 반생을 바치련다. 그러나 노력을 다하고, 힘을 다해도 천분(天分, 타고난 재질이나 직분)이 없고, 시간이 없는 데는 어쩔 수 없다. 모든 것을 운명에 맡기고 내가 걷고 싶은 길을 걸을 뿐이다.

_노자영, 〈나의 예술 생활과 고독〉

나의
문단 생활 20년
회고

나는 어찌하여 문인이 되었는가? 어찌하여 하고많은 직업 중에 말 많고 까다로운 문필업을 택하게 되었는가? 이것은 나도 알 수 없는 한 가지 수수께끼다. 그러나 생각해보면 나의 성격과 취미가 나를 이곳으로 몰아넣은 듯하다.

나는 어려서부터 글 읽기를 좋아하였다. 특히 고담(古談, 옛날이야기), 동화, 소설─이러한 종류의 책을 퍽 좋아하였다. 이미 팔, 구세 때 소품(小品, 생활 주변의 소소한 이야기를 가볍게 풀어낸 글) 혹은 노랫말 같은 것을 직접 써서 당시《기독신보》에 게재하였으니, 이것으로 보아 내가 어려서부터 문예에 취미를 가진 것을 짐작할 수 있다.

동경으로 건너가 명치중학에 다니면서부터 문예 서적을 본격적으로 읽기 시작했는데, 그중에서도 소설을 특히 좋아하여 서양 작가와 기타 작가들의 책을 열심히 읽었다. 일기를 쓰고, 소설을 쓰고, 그것을 썼다 찢었다 하며 본격적인 문학청년의 길에 들어서면서부터는《학지광》에 투고를 하기도 했다. 그러나 조그마한 육호 활자로 독자란 한구석에 넣어 주는 것이 고작이어서 적잖이 불쾌하기도 했다. 그 후 요한(시인 주요한) 군과 《창조》간행에 힘을 썼으니, 그때 동인(同人, 어떤 일에 뜻을 같이하여 모인 사람)으로는 장춘(소설가 전영택의 호), 요한, 이광수(소설가 이광수) 등 여러분이 있다.

나는 그때 문학에 대한 타는 듯한 열정과 동경(憧憬, 어떤 것을 간절히 그리워하여 그것만을 생각함)으로 인해 마지못해 온갖 노력을 다하였고, 인쇄비 같은 것도 직접 부담하였다. 그러나 《창조》잡지는 2호까지만 출간하게 되었다. 사정이 있어 그 후 한도회사(漢圖會社, 한성도서주식회사)로 넘겼으나 거기서도 3호까지만 내고 부득이하게 폐간하고 말았다.

나는 남에게 지지 않을 만큼 그림을 좋아해서 가와바타미술학교(일본 도쿄에 있는 사립미술학교)를 졸업했다. 그러나 그림은 몇 장 그려본 일이 없고, 도리어 전공 이외의 문학의 길로 들어서고 말았다.

나의 작품이 처음 활자화된 것은 《창조》1호에 게재된 〈패자〉라는 단편이다. 그 후 동경에서 돌아와 십여 편 정도의 단편을 썼는데, 그것은 그때 발행한 《목숨》이라는 단편집에 대부분 수록되어 있다. 이 단편집은 그리 많이 팔리지는 않았고, 지금 생각해보면 그리 완전한 작품도 아니었다.

나는 그때 생활의 걱정이 없었기 때문에 언제든지 창작적 충동을 받으면 쓰고 그렇지 않으면 일 년이 가도 쓰지 않았다. 그러다 보니 그때까지 쓴 작품이라고 해봐야 단편 60여 편이 고작이었다. 그러던 중 생활의 전기(轉機, 전환점이 되는 기회나 시기)를 맞았다. 그럭저럭 부족함 없이 누리던 가산을 대부분 탕진하고 만 것이다. 이에 앞으로 어떻게 할 것인지 여러 가지 생각을 해보았으나 배운 재주라고는 문필밖에 없는 터라 용감하게 주먹만 갖고 경성으로 오게 되었다.

그때부터 여러 신문사에 소설을 써서 그날그날 생활을 하였고, 장편 또한 그때부터 본격적으로 쓰기 시작하였다. 《젊은 그들》, 《운현궁의 봄》, 《아기네》, 《해는 지평선에》 등 5, 6편이 그때 쓴 것이다. 고료로는 《젊은 그들》에서 7백 원을 받고, 《운현궁의 봄》에서 6백 원을 받았으며, 《해는 지평선에》와 《아기네》 등은 각각 4백 원을 받았다. 그러나 그런 고료만으로는 도저히 생활을 유지할 수 없었다. 더욱이 본의 아니게 신문소설을 써야하는 고통 역시 적지 않았다.

문인으로서 재미를 본 기억은 그다지 없다. 이따금 지방에 사는 독자들로부터 격려와 감사의 편지를 받는 것이 유일한 즐거움이었는데, 미지의 독자에게서 30~40통의 편지는 받은 듯하다.

한편으로 생각해보면 "문인 말고 의사나 변호사가 되라"라며 몇천 번 말씀하시던 아버지의 명령을 불복하고 끝끝내 문인이 되어서 오늘에 이르고 보니 아버지 생각도 많이 난다.

가산을 탕진하고 보헤미안 생활을 하고 있는 나로서는 지금의 삶이 그리 자랑스럽지 않다. 생활만 할 수 있다면 결코 지금 같은 소설을 쓰지 않고, 유유자적하며 세월을 보내고 싶다. 그리고 언제든지 쓰고 싶을 때 가장 레벨이 높은 소설을 써서 무료로 어느 신문에든 싣고 싶다. 그러나 현재의 나는 빵 외에 아무것도 없다.

인생으로 먹고살기가 이렇게 신산(辛酸, 세상살이가 힘들고 고생스러움을 비유적으로 이르는 말)한 것인가? 라고 생각하면, 인생이란 참 무상하다고 생각될 때가 많다. 더욱이 요새 같이 위병이 생기고, 신경쇠약이 생겨서 몸이 괴로울 때면 세상이 더욱 귀찮기만 하다.

문인으로서 독자에게 선물을 받은 기억은 거의 없다. 진남포(평안남도 남부에 있는 도시)에 사는 어느 교원으로부터 상품 비스킷 한 상자를 받은 일이 있는데 퍽 감사도 하였거니와 도리어 미안했다. 또 한 번은 선천(평안북도 서해안 중부에 있는 군)에 간 적이 있는데, 그곳 청년들이 내가 왔다는 말을 듣고 (물론 미지의 친구) 함께 모여서 문학 이야기도 나누고 요릿집에 가서 환대를 받은 일이 있다. 이런 것이 문인에게 있어서 즐거움이라면 즐거움이요, 위안이라면 위안일 것이다. 그러나 문인으로서 맛보고 당하는 고통에 비하면 이것 역시 잠시 나타나는 '미레지(현상)'에 불과하다.

문인이라고 해서 시골에 가면 장사꾼들이 한결같이 광고문을 써달라며 부탁하곤 한다. 벌써 여러 번 그 일을 겪었다. 그것은 확실히 불쾌한 일 중 하나다. 매번 거절하기도 어려워서 몇 번 써 준 일도 있지만, 문인으로서 도저히 할 일이 아님은 재언할 필요가 없다.

오늘날 나는 별다른 작품이나 세계문단에 진출할 야망 같은 것은 생각해본 적도 없을 뿐만 아니라 그럴 틈도 없다. 생활! 이것이 나를 모두 점령해버렸기 때문이다. 힘이 있으면 인력거라도 끌고 싶지만, 그것 역시 불가능한 일이다.

붓으로 밥을 먹고 살기는 참으로 어려운 일이다. 그 때문에 나는 문학

청년들에게 생활의 토대가 없거든 문인 되기를 바라지 말고, 혹시 문인이 되었다고 할지라도 문필로써 밥을 먹고 살아갈 생각은 하지 말라고 부탁하고 싶다. 생활을 위해서 어쩔 수 없이 들어야만 하는 문필! 거기에는 개성도 없고, 독창도 없다. 자기를 굽히고, 자기의 존재를 망각하게 된다. 그 결과, 갖은 욕과 비방만 얻게 될 뿐이다. 그러니 문예는 밥을 먹기 위한 노력이 아닌 자기의 이상과 개성을 표현하는 일종의 취미로써 생각함이 지당하다.

_김동인, 〈나의 문단 생활 20년 회고〉

창작 여묵

톨스토이였는지, 누구인지 자세히 기억이 나지는 않지만, 소설가는 요리법까지 자세히 알아야 한다고 말한 이가 있다. 보통 사람인들 요리법을 알아서 안 될 이유야 없겠지만, 소설가가 부녀자나 요리사에게나 필요한 요리 지식을 갖춰야 한다는 말은 매우 흥미 있는 말이 아닐 수 없다.

제법 소설을 끼적거려 본 사람이라면 누구나 경험했겠지만, 어떤 지식이건 그 윤곽이나 일부분만 어렴풋이 알아서는 도저히 붓을 댈 수 없다. 사소한 부분까지 알아두지 않으면 단 한 줄의 묘사도 제대로 할 수 없기 때문이다.

요리법이 아닌 다른 것에 있어서도 마찬가지다. 세태 혹은 풍속과 함께 당대 사회의 세계사적 이념까지 자세히 알지 않고는 어떤 인물이나 사건도 자세히 묘사할 수 없다. 또한, 안다고 해서 그 전부를 그릴 수 있는 것도 아니요, 아는 것을 그대로 고스란히 기록화 할 수 있는 것도 아니다.

이를 위해 우리 문화는 이미 체계를 갖춘 과학을 갖고 있다. 이에 이 과학적 지식을 주체화하여 문학적인 본보기로 만드는 일이 필요한데, 이를 위한 불가결의 조건으로서 위에서 말한 지식이나 체험이 필요하다.

각 분야 전문가의 도움을 얻으면 되지 않느냐고? 딴에는 맞는 말이다. 하지만 문학에 있어 과학자 및 철학자, 역사학자, 경제학자와의 협력 및 도움을 받는 것은 거의 불가능에 가깝다. 그 때문에 30년 전의 상황을 알기 위해서는 스스로 역사학자나 사회학자와 똑같은 길을 밟지 않으면 안 된다.

일본의 비평가 하야시 후사오(林房雄)가 《청년》을 쓰기 위해, 후지모리 세이키치(藤森成吉)가 《도변화산》을 쓰기 위해 참고한 서적만 해도 수백 권이 넘는다고 한다. 하지만 그뿐. 이미 서점에는 그들이 쓰려고 했던 인물을 다룬 책이 수십, 수백 권이 나와 있었다. 그러니 서점에서 책을 사다가 읽으면 그만이었다. 하지만 우리 팔봉(八峰, 소설가 김기진의 필명)이 《청년 김옥균》을 쓸 때 참고한 자료는 일기 몇 개와 사소한 자료 몇 가지가 전부였다. 그러니 그 자신이 역사학자가 되어 김옥균에 관한 자료를 구하고 파헤쳐야만 했다.

이는 지금도 마찬가지다. 현상이 아닌 본질을 알기 위해서는 부득이 과학자의 도움을 받아야 하지만 어디를 둘러봐도 도움을 받을 만한 사람이 없는 게 현실이다. 서로 사용하는 언어 역시 다르다. 과학자에게는 과학자의 언어가 있고, 소설가에게는 소설가의 언어가 있기 때문이다. 실례로, 우리는 현재 4,5개의 철자법을 알아야만 제대로 된 소설 하나를 발표할 수 있다. '한글'식, '정음'식, 거기에다《동아일보》에 글을 연재할 때는 '동아'식,《조선일보》에 쓸 땐 '조선'식, 비판지에 쓸 땐 '비판'식…. 글을 쓸 때마다 그것을 생각하며, 거르고, 가리고 해야만 한다. 그러니 이런 고충이 또 어디 있겠는가.

또 하나 느끼는 것은 성격 창조의 문제 같은 것이다. 예를 들면, 토마스 만(Thomas Mann, 독일의 소설가이자 평론가)의《부덴브로크가의 사람들》이나 로제 마르탱 뒤 가르(Roger Martin du Gard, 프랑스의 소설가이자 극작가)의《티보가의 사람들》을 보면 등장인물의 성격이 처음부터 매우 뚜렷하고 인상적이다. 특히《티보가의 사람들》의 경우에는 지나치다 싶을 정도로 등장인물들의 캐릭터가 선명하다. 하지만 우리 작가들이 쓴 것은 어떤 것을 읽어도 그것이 불분명하고, 부자연스럽고, 관념적이며, 기계적이다. 그 이유는 과연 뭘까.

우리 작가들의 역량 부족을 변명하거나 덮고 싶진 않다. 하지만 우리나라 사람의 개성이 발달하지 못하고, 개인주의가 발달하지 못한 것에도 그 원인이 있다고 생각한다. 소설이란 개성의 발달과 보조를 함께 하는 것이기 때문이다. 그런데 동양 사상을 중시한 우리나라에서는 개성을 터부시했다. 그러니 당연히 그것이 발달할 수 없었고, 작가들 역시 주인공의 성격 창조에 있어 어려움을 겪어야만 했다.

이것이 창작 여묵(餘墨, 글을 다 쓰거나 그림을 다 그리고 아직 남아 있는 먹물)이라는 제목을 가지고 고충 몇 마디를 적어본 소이(所以, 일의 원인이나 이유)다.

—김남천, 〈창작 여묵〉

첫 고료

신문소설 고료(稿料, 원고료) 규정이 언제부터 어느 정도 정연하게 섰는지는 모르지만 잡지 문학의 고료 개념이 확호하게 (아주 든든하고 굳세게) 생긴 것은 4, 5년 전부터로 기억한다.

《조광》,《중앙》,《신동아》,《여성》,《사해공론》 등이 발간되자 소설부터 잡문에 이르기까지 작가들에게 일정한 고료를 주게 되었고, 이후 새로 만들어지는 잡지 역시 그 예를 본받았다. 어떤 잡지의 경우 종래의 관습을 깨뜨리고 새로운 개념을 수립하기 위해 원고를 청하는 서장(書狀, 편지) 끝에 "사(社)의 규정 사례를 드리겠습니다."라는 한 줄을 첨가하기도 했다. 이 한 줄이 문학이 새 시대에 접어들었음을 알리는 첫 성언(聲言, 어떤 일에 대한 자기의 입장이나 견해 또는 방침 따위를 공개적으로 발표함)이 아니었을까 싶다.

물론 이 일군(一群, 한 무리)의 잡지 이전에도 《해방》,《신소설》 등에서 고료라고 이름 붙인 것을 보내기는 했다. 하지만 극히 편파적인 것이었다. 비록 그 이전인 《개벽》 시대의 경우에는 어떻게 했는지 알 수 없지만, 어떻든 불규칙하고 편벽된 것이 아닌 본식(本式, 기본 방식)으로 고료의 규정이 생긴 것은 《조광》 등 일련의 잡지로부터 비롯되었다. 그러니 그것만으로도 차등지(此等誌, 잡지. 여기서는 고료를 지급한 잡지들을 통틀어서 말함)의 공헌이 적지 않다고 할 수 있다.

두말할 것 없이 문학의 사회적 인식이 커지자 수용(需用, 꼭 써야 할 곳에 씀)이 더하고 상품 가치가 갖는 결과, 즉 작품에 처음으로 시장 가격이 붙게 된 것이니, 이런 점으로 보면 고료의 확립이 시대적인 뜻을 갖는다고 할 수 있다. 술이나 만찬으로 작가의 노고를 때우는 원시적인 방법이 청산되고 원고의 매수를 따져 화폐로 교환하게 된 것이니, 여기에 근대적인 의의가 있고 발전이 있다고 할 수 있는 것이다.

그렇다고 해서 고료의 확립을 계기로 문학의 성과에 일단의 진전이 시작되었다고 볼 수는 없다. 하지만 작품이 작품으로서 취급되게 되었을 뿐만 아니라 그것을 창작하는 작가의 심정에도 변화가 생겼다. 이에 따라 문학에 격이 서게 되었고, 문단의 자리가 잡힌 것 또한 엄연한 사실이다. 그러니 고료 확립이야말로 조선 문학사의 측면적 고찰의 한 계점(契點, 특별한 부분)이라고 할 수 있다. 물론 현재 30대 작가들이 처음 고료를 받은 것이 4, 5년 전, 즉 《조광》 등이 창간되면서부터 시작된 것은 아니다. 좀 더 일찍—나의 예를 들자면, 첫 고료의 기억은 15, 6년 전으로 올라간다. 고료라기에는 격에 어울리지 않을지 모르지만, 원고지에 적은 조그만 소설이 화폐로 바뀐 것은 엄연한 사실이다.

중학 4, 5년급 시절, 《매일신보》에는 일주일에 한 번씩 증간되는 2면

일요부록의 문예면이 있었다. 그 시절 나는 일요일마다 4백 자 원고지 5, 6매의 장편소설을 투고해서 그것이 번번이 활자화되는 것을 보는 것이 숨은 기쁨이었다. 이에 근 반년 동안 수십 편의 소설을 투고했고 그것이 대부분 신문에 실렸다. 당시 갑상(甲賞) 십 원, 을상(乙賞) 오 원의 상금을 줬는데—《홍소》라는 소설이 을상에 들어 오 원을 받았다. 아마 이것이 고료에 관한 최초의 기억인 듯 싶다. 가난한 인력거꾼이 길에서 돈지갑을 줍게 되어 그것으로 술을 흠뻑 마시고 친구들에게도 선심을 쓰는— 장면을 그린 소설이었다. 발표된 지 며칠 만에 문예부 주임 이서구 씨가 오 원을 들고 일부러 무명 학동(學童, 학생)의 집을 찾아준 것이다. 마침 밖에 나갔던 관계로 그를 만나지는 못했지만—따라서 지금껏 이서구 씨와는 일면식이 없지만—집에 돌아와 그 소식을 듣고 송구스런 마음을 금치 못하며 한동안 그 오 원을 매우 귀중하게 여겼다.

그 후에도 시와 소설을 무수히 보냈지만, 원고가 고료로 바뀐 것은 그 한 번뿐이었다. 그 외에는 실어주는 것만으로도 고맙지 않으냐는 눈치였다. 사실 이는 그 전후 모든 잡지의 경향이기도 했다. 그래서《조선지광》,《현대평론》,《삼천리》,《조선문예》역시 거기서 벗어나지 않았다. 다만,《신소설》이 고료라고 일 원기원야(一圓幾圓也, 약 일 원 정도)를 몇 번 쥐어준 일이 있었고,《대중공론》은 고료 대신 주정(酒情, 술)의 향연으로 정신을 빼앗으려 들었다. 사실 지금 술이 이만큼 늘게 된 것도《대중공론》의 편집장인 정(丁) 대장의 공죄(功罪, 공로와 죄과를 아울러 이르는 말)라고 할 수 있다.

《동아일보》와《조선일보》양지(兩紙)만이 단편과 연재물에 대해서 꼬

박꼬박 회수를 따져서 지급했을 뿐, 잡지로는《조광》의 출현까지는 일정한 규정이 없었다. 이전《매신》의 부록 다음 시대에《동아일보》신춘문예에서 두 번 선자(選者, 작품 따위를 골라서 뽑는 사람)를 괴롭혀 이십 원과 오십 원을 받아낸 일이 있었지만, 이 역시 떳떳한 고료라고 하기는 어렵다.

《조광》이후 소설이든 수필이든, 잘되었든 못되었든 간에 1매에 오십 전의 고료를 받는 것이 많지도 않고 적지도 않은 현금(現今, 바로 지금)의 시세인 듯하며, 당분간은 아마 이 고료의 운명과 몸을 같이 할 수밖에 없을 듯하다.

_이효석, 〈첫 고료〉

괴로운 길

회갑 집에 갔다가 술이 과했던지 뛰고 야단을 하던 판에 다량의 코피를 쏟아버렸다. 성대한 잔치여서 내객이 한꺼번에 근 백 명, 대작할 미기(美妓, 아름다운 기생) 수십 명, 수십 평 되는 정원 차일(햇볕을 가리기 위하여 치는 포장) 아래 배설(排設, 연회나 의식에 쓰는 물건을 차려 놓음)한 잔칫상은 일류 요정에서 특별히 데려온 요리사의 손으로 된 것이었다. 배반낭자(杯盤狼藉, '술잔과 접시가 마치 이리에게 깔렸던 풀처럼 어지럽게 흩어져 있다'는 뜻으로, 술을 마시고 한창 노는 모습) 흥이 도도했을 때, 객실에 들어가 음악에 맞추어 안고들 휘돌아 친 것이 피곤을 한꺼번에 돋우었던 모양이었다. 그 자리에 쓰러져 코피를 쏟기 시작한 것이 아마도 거의 5, 6홉 양은 되지 않았을까. 기인(妓人)과 동무들이 놀라 번갈아 와서 옆을 떠나지 않고 얼음찜질을 하며 응급처치를 베풀었지만 멎지 않는다. 코로만 그 검붉은 것을 쏟는 것이 내 눈에도 민망해서 목으로 삼키기 시작했더니 목이 메게 넘어간다. 사람이 몇 차례나 나가 의사를 부른 것이 좀체 오지 않는다. 한 시간이 넘어 지난 때였을까. 공교롭게 두 사람씩이나 달려왔을 때는 코피가 이미 멎은 뒤였다. 밤 10시를 넘은 때였다. 옆에서 보아주던 한 동무가 끔찍한 내 모습에 기가 눌렸음인지 휘뚱휘뚱(휘청휘청) 옆방으로 가더니 빈혈증을 일으켰다는 것이다.

주위 사람들과 집안사람들에게 때아닌 큰 걱정을 끼친 것을 미안히 여겨 주인이 붙드는 것을 사양하고 가까운 곳이라 걸어서 집까지 와 자리에 누운 것은 자정을 넘은 때—홀연히 짧은 잠이 들었다가 문득 눈을 뜨니 또 된 피가 쏟아지기 시작한다. 아까와 마찬가지로 억제할 수 없이 콸콸 쏟아지는 맹렬한 출혈이다. 순식간에 수건과 대야와 요 위에 흥건하다. 두 번째 변에 대경실색해서 앞집에 가 병원으로 전화를 걸었다. 그러나 아무리 걸어도 통하지 않는다. 집사람이 밤거리를 황겁지겁(허겁지겁) 뛰어가 의사를 데려왔을 때는 오전 두 시로 피는 이미 멎은 뒤였다. 주사를 두어 대나 놓고 코 출혈에 관한 지식을 얻어듣긴 했으나 안심이 되지 않고 겁만 나는 것이었다.

두 번에 아마 한 되의 피는 쏟았을 성싶다. 5, 6일 동안 학교를 쉬면서 안정하고 치료를 받아도 회복이 쉽지 않았다. 머릿속이 아프고 몸이 허전할 뿐만 아니라 손가락 끝까지가 저리다. 그런 변이 처음이라 놀라기도 놀랐지만 흘린 만큼의 피를 보급하려면 짧은 시일로는 될 것 같지 않다. 5월은 불행한 달이었다. 새달을 맞이하니 겨우 정신이 좀 든다.

별다른 원인이 아니라 몸의 쇠약에 기인한 것이었고, 쇠약은 과로에서 오고, 과로는 봄 이후 원고 집필에서 온 것인 듯하다. 2월 이래 두 가지

장편소설에 붙들려 400자 900매의 원고를 써오는 중이다. 6월 한 달 소설이 끝날 때까지는 1,000매를 훨씬 넘으리라고 생각된다. 다섯 달 동안 1,000매 원고라는 것이 놀라리만치 많은 분량은 되지 않을지라도 나날이 일정한 정력을 허비해야 하는 신문소설의 과무(지나친 업무)에 반년 동안 붙들려 지낸다는 것은 결코 수월한 노릇이 아니다. 작품이 되고 못되고 간에 사자(寫字, 글씨를 베껴 씀)와는 달라 머릿속을 짜내어 없는 소리로 흰 원고지를 까맣게 채워야 한다. 자여(自餘, 넉넉하여 저절로 남음)의 단편이나 수필 원고의 청에는 일절 응하지 못하면서 그 일만으로도 하루하루가 그뜩 차진다. 그러니 아무리 건강한 작가라도 과로를 느끼지 않고는 못 배겨날 것이다. 작품성과의 일열(逸劣, 뛰어나고 모자람)은 둘째 문제로 하고, 또 한 가지 작가가 과로하든 어쩌든 제가 즐겨서 고른 일 제가 하는데 ─ 하는 국외적인 조롱을 떠나서 역시 문학같이 어려운 길은 없다고 새삼스럽게 느껴진다. 넓게 묻노니 예술의 길같이 어려운 것이 어디 있으며 더욱 더 어려운 길이 무엇이뇨. 독창(獨創)의 길인 까닭이다.

소설가라고 다른 재조(才操, '재주'의 원말)나 능(能, 재능)이 없어서 소설만을 쓰는 것은 아니다. 소설을 쓸 정도의 사람이라면 다른 무엇을 시키든 많은 열 사람 틈에 끼어 손색이 없을 것이다. 가장 곤란한 길을 자청해 고른 것은 한갓 보람과 자랑을 느낀 까닭 이외에 무엇이 있으랴. 문화사회에서 가장 높은 영광을 받아야 할 문학인이 이곳에서 같이 몰이해 속에 묶여 버리는 데는 없을 법하다. 가령, 한 사람의 시세를 이용해 자기 팽창을 꾀하기에 급급한 배금노(拜金奴, 돈을 최고의 가치로 여기고 숭배하는 사람을 낮잡아 이르는 말)가 소설가에게 "이럴 때 소설을 써서 뭐해. 차라리 잠자코 있지"라고 비방한다면 그 배금노의 목은 천 번 잘라도 부족할 것이다. 철학자에게 철학은 해서 뭐하냐고 짖는 살찐 한 마리 돼지의 배짱이라고나 할까. 살찐 돼지나 벌레나 배금노 뿐만이 아니라 무릇 무엇이든 간에 ─ 사회 어느 곳의 미물이든 간에 예술가를 욕하는 것은 그 형(刑)이 넉넉히 능지에 마땅하지 않을까.

반년 동안 1,000매 원고를 쓴댔자 원고료로는 한여름 휴양비도 못 된다. 작가의 노작(勞作, 애써서 만든 작품)을 위무함이 문화사회의 공덕일 때가 언제나 나올 것인가. 문학작품에서 해독을 입는다면 그것은 입는 편의 지성의 저열로 말미암음이다. 그러나 지금 이 고장에서 이런 자화자찬을 한들 무슨 소용이 있으랴. 작가의 길이 괴로움을 다시 느끼며 집필 중의 소설이 얼른 끝날 날을 기다릴 뿐이다.

─6월 5일기(記)

_이효석, 〈괴로운 길〉

Part 3

마음을 사로잡는 글쓰기

시·소설 및 수필·비평·동화 등 다양한 장르의 글쓰기 비법과 조언

무엇을,
어떻게 쓸 것인가

　　간혹 친구들이 좋은 소설 재료가 있으니 소설로 써 보라며, 자신들이 겪은 이야기를 호소라도 하듯 신이 나서 들려줄 때가 있다. 하지만 나는 그 이야기를 단 한 번도 소설로 써 본 적이 없다. 들어 보면 모두 뼈가 아프도록 절실한 체험임이 틀림없으나, 내게는 조금도 절실하게 느껴지지 않았다. 그들의 이야기는 그들만의 통절한 체험일 뿐, 나와는 아무런 관계가 없기 때문이다. 이는 A라는 사람이 실연 후 뼈가 아프도록 인생을 느낀 사실을 배가 고파서 눈이 한 치나 깊이 들어갈 만큼 인생을 느낀 B라는 사람에게 하는 호소와 다름없다. 실연하고 뼈가 아프도록 인생을 느낀 사람이 아니고서는 A의 이야기를 도저히 이해할 수 없기 때문이다. 또 배가 고파서 눈이 한 치나 기어들어 가도록 인생을 느낀 사람이 아니고서는 B의 처지를 이해할 수 없다.

　　그렇다면, 소설은 만인(萬人)이 체험했으리라고 생각되는 사실만 주제로 삼아야 할까? 그렇지 않다. 자신의 체험이나, 남의 체험을 막론하고 모두 소설의 재료가 될 수 있다. 다만, 소설이란 인생의 사실을 있는 그대로 기록하는 것이 아닌 인생의 진실을 추구하는 것이기 때문에 실연에 관한 호소나 굶주림에 관한 호소만으로는 뭔가 부족하다. 즉, 실연이나 굶주림이라는 단편적인 사실의 전달보다는 실연의 원인이나 기아의 원인을 정확하게 파악함으로써 인생의 진실을 추구해야 한다. 따라서 주인공의 과거는 물론 현재의 생활에 대해서도 알 필요가 있다. 또한, 그들의 사회적·가정적 환경 등의 생활 일체를 파악함으로써(실연의 경우라면 그 여자까지도) 인생의 진실을 추구해야 하며, '공상'을 통해 보편화시켜야만 소설이 되는 것이다. 이 인생의 보편성 획득이야말로 작품의 성공을 좌우하는 핵심이라고 해도 지나친 말은 아니다. 만일 작품에 보편성이 없다면 그 작품의 주인공은 인간의 전형(典型, 모범이 될 만한 본보기)으로서 생생하게 살아남을 수 없다. 그런 점에서 인간 전형의 창조야말로 소설의 가장 큰 특징이라고 할 수 있다. 즉, 작자의 개성과 생명이 그대로 쏟아져 들어간 살아 있는 개성의 유형을 거쳐 획득한 보편성이 바로 소설인 것이다. 그러므로 누구나 이해할 수 있으면서도 개성적인 인간으로 창조하는 것이 아니고서는 진실한 인간 생활의 본질을 추구하고 있다고 볼 수 없다.

창작이란 체험에서 그 어떤 의미를 찾지 못하면 소설의 소재가 될 수 없다. 그 체험이 내포하고 있는 의미를 관찰과 사색을 통해 찾는 것이 바로 창작의 소재이기 때문이다. 작가는 그것이 말하는 인생의 진실을 독자에게 진실한 것으로 받아들이게 함으로써 자신과 꼭 같은 의미를 느끼도록 써야 한다. 이른바 문학적인 표현이라는 것이 바로 그것이다. 그 때문에 문학적 표현 기술이 부족할 경우, 아무리 작가가 인생의 절실한 체험을 쌓았다고 하더라도 독자에게 인생의 의미를 제대로 전달할 수 없다. 따라서 소설을 쓰는 데 있어 공상으로서의 문학적 표현 역시 필요하며, 공상과 체험을 공상화 하는 것이야말로 작가로서의 본질적인 의무가 아닐까 한다. 공상은 의미를 찾는 자석과 같은 구실을 하기 때문이다. 그러나 경험으로 보건대, 작가가 절실하게 느낀 체험을 소설화하려고 할 때, 너무도 절실한 체험은 공상의 여유를 주지 않고, 그저 그 사실만을 병에서 물이 쏟아지듯 표현하는 경우가 많다. 이에 자신도 모르게 붓끝을 놀리다가 실패한 경우를 적지 않게 보았다. 그렇게 되면 한 개인이 느낀 사실만 기록될 뿐 보편성을 잃고 만다. 특히 초심자일수록 이 점을 주의해야 한다. '도스토옙스키'를 일컬어 최고의 작가라고 칭하는 이유 역시 바로 그 때문이다. 사실 그의 작품은 악문으로 이름 높지만, 소설 속 주인공들이 말하는 그 어떤 인생의 의미가 우리의 마음을 사로잡는다. 그 때문에 그의 명성은 아직도 수많은 사람 사이에서 오르내리고 있다.

시인 '릴케' 역시 그의 작품 《말테의 수기》에서 창작의 경험이 얼마나 중요한지 역설하고 있다.

"나이 어려서 시를 쓴다는 것처럼 무의미한 것은 없다. 시는 언제까지나 끈기 있게 기다리지 않고는 안 되는 것이다. 사람은 인생을 두고, 그것도 될 수만 있다면 70년 혹은 80년을 두고 벌처럼 꿀과 의미를 집적하지 않으면 안 된다. 그리하여 겨우 마지막에 이르러 여남은 줄의 훌륭한 시가 써질 것이다. 시는 사람들이 생각하는 것처럼 감정은 아니다. 만일 시가 만일 감정이라면, 젊어서 이미 남아돌아갈 만큼 가지고 있지 않으면 안 된다. 시는 진실로 경험인 것이다. 그래서 한 줄의 시를 위해 수많은 도시, 수많은 사람, 수많은 책을 보지 않으면 안 된다. 또 수많은 짐승을 알지 않으면 안 되고, 하늘을 나는 새의 깃(羽)을 느끼지 않으면 안 되며, 아침에 피는 작은 풀꽃의 고개 숙인 부끄러움을 찾아내지 않으면 안 된다. 미지의 길, 뜻밖의 해후, 이별 — 젊은 날의 추억, 말할 수 없이 마음을 슬프게 해드린 어버이, 온갖 중대한 변화를 하고 이상한 발작을 하는 소년 시대의 병, 물을 뿌린 듯이 가라앉은 고요한 방에서 보낸 하루, 바닷가의 아침, 바다의 자태, 저쪽 바다, 이쪽 바다, 하늘에 반짝이는 별과 함께 존재 없이 사라진 나그네의 수많은 밤….

그런 것들을 시인은 생각해내지 않으면 안 된다. 아니, 그저 모든 것을 생각해낼 뿐이라면 그것은 또 안 된다. 하룻밤, 하룻밤이 전날 밤과 전혀 다른 규방의 일, 산부(産婦)의 부르짖음, 하얀 옷 속에서 잠든 채 육체의 회복을 기다리는 산모…. 시인은 그것을 추억으로 지니지 않으면 안 된다. 죽어 가는 사람들의 베개 밑에 붙어 있지 않아서는 안 되며, 열어젖힌 창이 덜렁덜렁 소리를 내는 방에서 죽은 사람의 경야(經夜, 밤을 지새움)도 하지 않으면 안 된다. 하지만 이러한 추억을 가질 뿐이라면 아무런 보람도 없을 것이다. 추억이 많아지면 다음에는 그것을 또 잊어야 하기 때문이다. 그리하여 또다시 추억이 바뀌는 순간을 기다리는 커다란 인내가 있어야 한다. 그 때문에 추억만 가져서는 아무런 보람도 없는 것이다. 추억이 우리의 피가 되고, 눈이 되고, 표정이 되고, 이름을 알 수 없는 것이 되고, 이미 우리 자신과 구별할 수 없이 되어 결코 뜻하지 않은 우연에서 한편의 시가 불쑥 솟아나는 것이다."

한 줄의 시는 그렇게도 어려운 것이다. 그러다 보니 붓을 든다는 게 무서울 때가 있다.

소설 역시 마찬가지다. 그런 경험과 사색을 통해 인생의 전형을 찾아내야 한다. 나는 작품 속에는 항상 술과 같은 성분이 있어야 한다고 생각한다. 누구나 술을 마시면 거나하게 취한다. 술은 그런 보편성을 갖고 있다. 취중(醉中, 술에 취한 동안)에는 거짓이 없다. 오직 진실만이 있을 뿐이다. 그래서 술을 마시면 평상시에는 입안까지도 끌어내지 못하던 진실이 대담하게 튀어나오곤 한다. 나아가 신랄한 비판이, 절실한 고민이 주위의 온갖 것에도 거리낌 없이 막 쏟아져 나온다. 그것이 바로 그 사람의 진실이다.

술이 사람을 그렇게 진실하게 만드는 것은 곡류가 아닌 곡류를 발효시킨 곡류의 작용 때문이다. 작품에서 체험이라는 것 역시 곡류와 마찬가지로 체험만으로 되는 것이 아니다. 체험을 발효시켜야 한다. 나아가 체험을 발효시키는 기술이 작용해야만 한다. 그리고 곡류의 발효로 인해 누구나 술을 마시면 취하듯, 소설 역시 체험의 발효로 인해 누구나 읽으면 취하게 하여야 한다.

이제 우리는 위에서 말한 몇 가지 사실을 통해, 작품이란 체험을 기술로, 즉 사실로, 진실로 발효시키는 '공상' 여하에 따라 진실한 인생이 추구되고, 추구되지 않음을 어렴풋이나마 알게 되었다.

이 글은 장차 소설을 쓰고자 하는 소설 지망생들을 위한 글이다. 한마디 덧붙이자면, 몇 천 년을 흘러온 문학의 역사를 볼 때, 세계적인 명작은 그 어느 것을 막론하고 새로운 사상과 감정을 담고 있다. 새로운 표현과 새로운 작품을 위해서는 기성 문학이 표현하지 못한 새로운 사상과 감정이 필요하다. 따라서 그것을 찾기 위해 부단히 노력해야 한다. 새로운 사상과 감정이야말로 새로운 문학의 모태이기 때문이다.

_**계용묵**, 〈무엇을, 어떻게 쓸 것인가〉

작품 구성의 중요성

20세기 소설은 종래의 구성법을 무시하고 새로운 한 틀을 시험하면서 성공하고 있다. 릴케(Rainer Maria Rilke, 독일의 시인이자 소설가)의《말테의 수기》가 그 대표적인 작품이요, 조이스(James Joyce, 아일랜드의 시인이자 소설가)의《율리시스》, 프루스트(Marcel Proust, 프랑스의 소설가)의《잃어버린 시간을 찾아서》, 그리고 사르트르(Jean Paul Sartre, 프랑스의 작가이자 사상가)의《자유에의 길》등이 20세기 신문학의 대표적 작품으로 세계 문단 구석구석까지 그 영향이 파급되었다.

우리 문단 역시 마찬가지다. 일부 작가들 사이에서 소설 구성 무시설이 대두되고 또 그것을 실제로 작품에서 시도하는 층도 나타나고 있다. 문제는 그것을 자못 수긍하기 어렵다는 것이다. 그것은 전연(전혀)한 구성 무시요, 구성을 위한 무시가 아니었기 때문이다.

20세기 문학의 대표 작가인 릴케 등이 고집한 이 구성 무시는 17세기 고전주의로부터 세밀하게 인간의 심리 갈등을 분석하는 것으로 소설의 사명이 다하는 것 같은 내용에다 그 어떤 한 일정한 틀을 부여하는 것을 절대 조건을 고집해 온, 예를 들면 플로베르(Gustave Flaubert, 프랑스의 소설가)의 《보바리 부인》이나 모파상(Guy de Maupassant, 프랑스의 소설가)의《여자의 일생》과 같은 구성법이요, 구성 그 자체를 무시하는 것은 아니었다.

나는 이제 그들의 작품을 살펴봄으로써 우리 문단의 구성 무시에 관한 작품의 논의로 삼고자 한다.

가장 대담하게 구성을 무시한 특출한 작품으로는 릴케의《말테의 수기》를 예로 들 수 있다. 이는 누구나 알다시피, 말테라는 한 청년 작가가 유고로 남긴 단편적인 감상과 비망 노트, 과거 추상, 일기, 쓰다 버린 편지 조각, 면전의 풍경 묘사들을 아무렇게나 순서 없이 모아 놓은 것으로, 이 작품 구성에 관해 작가는 이렇게 말한 바 있다.

"예술적인 면에서 이 작품을 본다면 되잖은 흠투성이 구성임이 틀림 없다. 그러나 인간적인 면에서 보자면 충분히 허용될 수 있는 구성이다."

이는 구성을 무시하였다기보다는 인간적인 면에 접촉하기 위해서 그와 같은 구성, 즉 무구성(無構成)을 택한 것이다. 이에 그 작품이 갖는 의미를 이렇게 해석할 수 있다.

구성이란 결국 작품 효과를 노리는 한 건축 방법으로 소기의 효과를 거두기 위해서는 구성에 그 어떤 틀이 있고, 그 틀에 구애받을 것이 아니라 어디까지든지 자유롭게 구성해야 함을 대담하게 시험한 것이라고 할 수 있다. 말하자면 이 수법은 종래의 소설이 그 원인 결과의 방법에 쫓긴 나머지 진행되는 작위적인 시간 질서를 깨뜨림으로써 새로운 구성을 선

보인 것이다. 이는 인간의 의식 속에 깊이 잠재해 있는 영혼의 심연을 파헤치기 위해서는 이렇게 하지 않을 수 없었던, 말하자면 종래의 구성법으로서는 인간의 진실함을 묘파할 수 없는 데서 건조된 것이었다.

조이스가《율리시스》에서 기술법을 채택해 묘사를 열거한 것이나, 희곡체, 시나리오 등을 이용하고, 신문 제목과 그 문체를 그대로 흉내 내어 새로운 시험을 시도한 것, 프루스트가《잃어버린 시간을 찾아서》에서 우연한 한 사건을 제시하고, 갑자기 과거의 모든 것을 생각하는 무의식적인 회상 방법을 채택한 것, 작중 인물이 줄거리와 상관없이 자기의식의 흐름을 토로하는 소위 내적 독백을 시도한 것 역시 인간의 진실성을 묘파하기 위해서였다. 즉, 그 어떤 새로운 대상 없이 무리하게 무시한 구성은 모두 아니었다.

이를 집 건축 방법에 비유한다면, 종래 건축 방법이 아니면 집이 되지 않기에 생활에 불편함을 느끼면서도 아무런 생각 없이 안방 두 칸, 건넌방 한 칸, 마루 반 칸, 부엌은 안방 옆에, 대문은 행랑 옆에 달아서 'ㄱ'자로 집을 꺾고 기와를 올리는 그런 건축 방식에서 더욱 생활적으로 편하고 아름답게 하기 위해, 나아가 통풍과 채광까지 충분히 고려하여 설계한 건축이라고 할 수 있다. 그러나 이 역시 설계만으로는 집을 지을 수 없다. 건축, 즉 구성이 있어야 한다. 종래 판에 박은 기와집을 17세기 이래의 소설 구성 방법이라고 한다면 종래 구성을 무시한 소설은 인간의 더욱 나은 삶과 생명을 위한 양옥이나 2층, 3층, 또는 5층, 10층의 신양식의 구성이오, 결코 구성이 무시된 것은 아니다.

여기 폐병을 앓는 청년 하나가 생사의 막다른 골목에서 허덕이며 공기와 채광이 불충분한 재래식 집에 누워서 피를 토하고 있다고 하자. 그 청년을 살리려면 볕이 잘 들고 통풍과 채광이 잘 되게 유리 집을 짓고 그 안에서 치료받게 하여야 한다.

릴케, 조이스, 프루스트는 폐병 청년을 살리기 위해 유리 집을 지은 것이다. 그것은 어떤 방식이건 상관없다. 병의 치료를 위한 것이라면 굳이 재료나 모양이 문제가 아니었기 때문이다. 사람을 살리는 것이 목적이었다.

우리 문단의 구성 무시 작품 역시 그 폐병 청년을 살리기 위해 당연히 재래식 기와집에서 환자를 풀어내어 오므로 재래의 구성을 무시했다고 볼 수 있다. 그러나 끌어만 내었을 뿐 건축이 없었기에 한지(寒地)에서 배회하는 것 같은 감이 없지 않다. 그 결과, 통풍과 채광이 시원치 않을뿐더러 오히려 생명의 위협을 느낀다.

내가 이 글을 쓴 이유는 오직 이 한마디가 하고 싶었기 때문이다.

_계용묵, 〈작품의 구성 무시〉

번역과
역자 선정의
중요성

우리 독서계에도 이제 번역 시기가 도래하였다. 미첼(Margaret Mitchell, 미국의 소설가)의 《바람과 함께 사라지다》의 판매가 그것을 여실히 증명하고 있다. 그리하여 출판계에서는 이 요청에 응해 온갖 부문에서 번역물 간행이 이루어지고 있다. 세계 최고 소설 중 하나인 톨스토이의 《전쟁과 평화》 역시 벌써 여러 곳에서 발간 경쟁을 하고 있다는 소식을 듣거니와, 일전에 출판 기관에서도 세계 문학 전집 30권의 방대한 계획을 세우고 역자 선정에까지 논의가 진전되었다고 한다. 그러나 역자 문제로 인해 모처럼 세웠던 그 계획이 안타깝게도 수포가 되고 말았다. 그 이유는 문장 능력은 부족하지만, 외국어에 능숙한 학자에게 맡기느냐, 외국어는 능숙하지 못해도 문장 능력이 충분한 현역 문인에게 맡기느냐는 문제에 부딪혔기 때문이다. 그러다가 외국어 능력은 부족해도 문장 능력이 있는 현역 문인에게 일역(日譯, 일본어로 번역함)을 대본으로 맡기는 것이 타당할 것이라는 논리가 승리를 얻었지만, 여기에는 하나의 부대조건이 있었다. 그것은 일역 대본 번역을 외국어에 능숙한 학자에게 맡겨서 원서와 대조해서 수정한 후 그것을 두 사람의 공역으로 하는 것이 완전을 기하는 가장 타당한 방법이라는 결론에 이른 것이다. 그러나 예정한 4·6판 5백 페이지 한 권의 초판 3천 부 1할 인세를 환산하면 정가 5백 환으로 치고 15만 환밖에 되지 않으니 그것을 두 몫으로 분배하면 1인당 7만 5천 환의 인세밖에 되지 않는데, 이 5백 페이지 1권의 책을 만들자면 원고(2백 자 용지) 일천칠, 팔백 매 정도가 필요하므로 최종 탈고까지는 적어도 2, 3개월의 시간이 걸린다. 문제는 그 석 달 동안 7만 5천 환 수입으로는 번역에 착수할 사람이 없다는 것이다. 그런 이유로 이 모처럼의 계획이 고스란히 와해하고 말았다. 이를 다시 요약해 말하자면 외국어 능력과 문장 능력을 겸비한 일도 양면의 소유자가 없기에 그 계획이 수포가 된 것이다. 분명 수치스러운 일임이 틀림없지만, 그것이 사실인 것을 또한 어쩌랴.

그러나 당면한 번역 요청은 이런 수치를 돌볼 여유가 없다. 냉수 대신 미지근한 물이라도 마셔야 우선 목마름을 해결할 수 있기 때문이다. 그런 점에서 외국어 능력과 문장 능력을 겸비한 일도 양면의 소유자를 고집할 것이 아니라 가능한 한에서 이 목마른 요청을 우선 들어줘야 할 것이 출판계의 임무가 아닐까 한다. 그런데 얼마 전 또 이러한 이야기를 들은 일이 있다. 어떤 출판사에서 출판한 번역 소설을 친지인 모 대학 교수에게 기증했더니, 그 책을 아무렇게나 되는대로 한번 뒤적거리더니 이렇게 말했다고 한다.

"사람 이름도 제대로 번역하지 못하는 사람이 소설을 어떻게 번역할 능력이 있었을까. 나는 이런 책은 기증받고 싶지 않네."

그러면서 앉은자리에서 책을 내동댕이치더라는 것이다.

자, 그러면 우리 번역계는 그 교수의 말을 어떻게 받아들여야 할까. 인명이나 지명 발음이 약간 틀렸다고 해서 그 내용도 보잘것없이 되는 것이 번역이 갖는 당연한 귀결일까. 인명이나 지명 발음은 약간 틀렸다고 해도 내용을 제대로 살렸다면 인명이나 지명 발음이 정확하고 내용을 살리지 못한 것보다는 오히려 뛰어나다고 해야 하지 않을까.

생각건대, 번역에 있어 인명이나 지명 발음 같은 것은 한낱 부차적인 지엽적인 문제가 아닌가 한다. 그야 정확을 기하였으면 더 말할 나위도 없겠지만, 약간의 발음이 틀렸더라도 인명에 있어서 그것이 그 사람인 줄만 알면 그만인 것이요, 지명에 있어서도 그것이 그곳인 줄만 알면 그만이다. 작품에 있어서 인명이나 지명은 그런 것밖에 더 아무런 역할도 하지 않기 때문이다.

중요한 것은 번역의 우열(優劣, 나음과 못함)이란 번역 능력이 그 작품을 살리느냐 못 살리느냐에 있다. 즉, 아무리 외국어에 능통해서 발음이나 작품을 소화하는 능력이 뛰어나더라도 이를 우리말로 구사할 문장 능력이 없으면 안 되는 것이다. 모 씨의 원어역(原語譯) 작품이 그 사실을 잘 증명하고 있다. 이 작품은 세계적인 명작으로 한참 성가를 높이고 있는 특수한 작품이었다. 나는 그 국문 번역본을 보기 전에 먼저 일역으로 된 것을 보았는데, 작가의 독특하고 뛰어나며 아름다운 문장에 감탄하였다. 그 문장은 행을 바꿀 때마다 처음 서두에서 아래에서 할 이야기의 내용을 요약해서 간단히 한마디로 툭 던져 놓은 후 그것을 자세히 되풀이해 내려가면서 효과적인 접속사를 이용하고 있었다. 그때까지 어디에서도 볼 수 없었던 그 작가만의 독특한 문장이었다. 그러나 이 역자의 국문 번역에 나타난 작품에서는 독특한 문장이 풍기는 시미를 그 어느 한 구절에서도 찾아볼 수 없었다. 그저 누구나가 쓰는 보통 문장인, 나아가 그 문장 역시 매우 서툴러서 줄거리를 전하기에도 매우 부족한 문장이었다. 그러니 제아무리 인명과 지명을 정확히 번역했더라도 문장 능력이 없으면 작품을 제대로 살렸다고 할 수 없다. 어떤 작품의 번역이 그 작품이 풍기는 향취를 옮기지 못한다면 그것은 그 작품의 경개요, 작품은 아닌 것이다.

보통 논문이나 그런 유(類)의 글이라면 원작이 전하고자 하는 그 뜻을 전하는 것만으로도 어느 정도 번역으로서의 사명을 다했다고 할 수 있다. 그러나 그 외의 작품에서는 그 뜻만을 전하는 것만으로는 절대로 그 사명을 다했다고 할 수 없을 것이다. 그 작품이 풍기는 향취와 그 작가의 독특한 표현의 묘미를 반드시 살려야 하기 때문이다.

작가마다 문장을 다루는 그 표현에 있어 그 독특한 표현 방법(그 작가만이 갖는)이 있다. — 이를 벽(癖, 고치기 어렵게 굳어 버린 버릇)이라고 해도 좋다. — 이것이야말로 그 생명의 한 부분이다. 이 벽이 무시될 때는 그 작가의 생명도 무시되는 것이나 다름없을 것이다. 가령, 지드(Andre Gide, 프랑스의 소설가)의 문체는 지드의 문체로, 카뮈(Albert Camus, 프랑스의 소설가)의 문체는 카뮈의 문체로 그대로 살려야 한다. 카뮈의 문체가 지드 문체로 되어서는 안 되며, 지드의 문체가 카뮈의 문체로 되어서도 안 된다. 그러지 않으면 그 작품은 그 작가의 작품이 아니기 때문이다. 중요한 것은 이는 위에서도 말한 바와 같이 원어에 능통한 원어의 실력만으로는 도저히 안 된다는 것이다. 우리말에 능통해 문장을 자유자재로 구사할 줄 아는 표현 능력을 갖춘 실력자라야만 한다. 그러므로 우리가 지금 당면한 번역의 요청에 있어서 원어 번역만을 고집할 것이 아니라 가능한 한 작품의 경개가 되지 않고 작품이 되는 번역이라면 중역(重譯, 한번 번역한 말이나 글을 다른 말이나 글로 다시 번역함)이나 이중 번역을 막론하고 환영해야 할 것이요, 원어 역이라도 그것이 작품이 되지 않고 작품의 경개가 되는 것이라면 그것은 환영할 수 없다.

_계용묵, 〈작품의 번역과 역자 문제〉

기교 없는
좋은 작품은
없다

소설을 읽는 것은 참외 먹기와 꼭 같다. 칼로 배꼽을 베어 물어 보아 빨갛게 빛이 우든가 그러지 않으면 새파랗게라도 빛이 우든가 종류에 따라서는 하얗게라도 익어 속이 배잦아든 놈이라야 구미가 동하지, 빨갛지도 파랗지도 하얗지도 않고 퍼러둥둥한 살갗에 눈물만 비죽비죽 내돋는 놈은 먹어 봤댔자 맛이 없을 게 빤히 내다보여 구미가 동하지 않는다. 구미가 동하지 않는 놈을 억지로 먹는 재주는 없다.

소설도 처음 서두를 베풀어 보아 단 한 줄에 벌써 그 작품의 가치가 인정된다. 문장이 멋들어지지도 않고, 맵시도 없고, 또 정확지도 못하게 쓰였다면 이것은 구사 능력 미숙의 반증이니 이 능력이 부족한 작가가 아무리 좋은 제재를 취급했댔자(취급할 관찰력도 없겠지만) 그 제재를 요리시킬 수가 없는 건 당연한 이치일 것이다. 그 어떤 의무로서가 아닌 바에야 무엇을 보자고 이것을 읽어야 할까.

어떤 분은 이렇게도 말한다. 문장은 서툴러도 내용만 좋으면 살로 갈수 있지 않으냐고. 그러나 아무리 좋은 종류의 참외라도 어느 정도까지 익지 않으면 그것은 참외로서의 제맛을 내지 못하게 되는 것이다. 참외가 익어야만 참외로서의 가치를 지니듯이 작품도 익기 전에는 작품으로서의 가치가 없다. 그렇다면 작품으로서의 가치가 없는 작품이 무엇으로 살이 될 것인가. 거기에는 기교가 필요하다.

기교를 우리가 입는 옷에 비유하는 사람도 있다. 하지만 이것은 말이 안 된다. 기교가 내용을 만드는 것임을 모르고 하는 말이기 때문이다. 따라서 기교중치(技巧重置, '기교를 버리고 삼가야 한다'는 뜻)란 말은 더 말이 안 된다. 기교적일수록 그 작품에 생명이 더욱 붙기 때문이다.

이렇게 말하는 사람도 있다. 도스토옙스키는 그렇게 악문이라도 그 내용 때문에 오히려 문장이 유려한 투르게네프(Ivan Sergeyevich Turgenev, 러시아의 소설가)보다 세계적으로 더 명성을 얻지 않았느냐고. 내가 노문(露文, 러시아 문학)을 읽을 힘이 없어 그 문장을 감상해 보지는 못했지만, 그 내용을 살릴 만한 기교 정도는 되었기에 그 내용이 독자의 가슴에 충격을 주었지, 글을 만들지 못했다면 어떻게 그것이 읽혔겠는가. 만일 도스토옙스키의 기교가 좀 더 기교적이었더라면 좀 더 많이 독자의 정신을 황홀케 하였을는지도 모른다.

기교를 무시하고 좋은 작품을 말한다는 것은 한낱 망상에 불과하다. 기교라면 거의 세련된 문장 구성의 묘법이 혼연일치 되어 표현되는 그 과정을 말하는 것으로 이 과정이라는 것이 내용에 피가 되어 엮여 나가는 것이다. 여기에는 문장의 재주가 지대한 조건이 된다. 이렇게 절대적인 이 기교를 기교중차라고 하는 것은 예술이 무엇인지 모르고 하는 말밖에 더 되지 않는다.

기교를 부리다가 제 재주에 넘어갔다는 말을 나는 일간(日間, 가까운 며칠 사이)에 어떤 평론가에게서 들었다. 예술은 씨름과는 다르다. 씨름은 운동이니 제 재주에 넘어가는 수가 있지만, 작품은 예술이기에 기교 때문에 절대 실패하지 않는다. 이에 대해서 어떤 작가는 얼마 전 출판한 전작 소설 서문에서 "기교와 이데올로기로 좋은 문학이 되는 것은 아니라고 믿는다. 나는 기교와 이데올로기를 모두 빼련다."라고 말한 바 있다. 그가 기교를 무엇으로 생각하는지 모르겠다. 이렇게 말이 되게 써 놓은 그 글부터도 기교 덕이다. 기교 없이 어떻게 말을 정리하며 삼백여 페이지의 방대한 긴 글을 독자가 읽도록 끌고 나가느냐 말이다.

또한, 이런 말이 씌어 있었다. "신문기자가 기사를 쓰듯이, 사진사가 사진을 찍듯이 아무 사정없이 그려 보련다."라고. 신문기자가 기사를 쓰는 데도 기교가 필요하고, 사진사가 사진을 찍는 데도 기교가 있어야 한다. 거리의 초점, 광선 주입 등 이게 다 기교가 아니고 뭐란 말인가. 사진기만 가지고 사진을 찍을 수는 없다. 마찬가지로 신문기자란 명목만 가지고 기사를 쓸 수도 없다. 사진을 찍는다는 것, 신문기사를 쓴다는 것, 그것이 벌써 기술을 말하는 것이다. 기술 없는 사진사가 아무리 좋은 경치를 보고 흥이 나서 찔걱찔걱 셔터를 눌러봤자 그 경치가 제대로 찍혀질 리 만무다.

기교를 사실 아닌 것을 거품으로 꾸미는 것으로 아는 데는 놀라지 않을 수 없다. 작품 제작에 있어 기교는 필수다. 문장에도, 구성에도, 내용에도 반드시 기교가 필요하다. 정확한 관찰, 예술적 제재, 이것들을 보는 법과 취하는 것 역시 일종의 작가적인 기교이기 때문이다.

남이 쓸 수 없는 글을 쓰는 것은 무엇 때문일까. 글을 쓸 줄 아는 기교가 있기 때문이다. 남도 쓰는 글을 남보다 더 잘 쓰는 것, 그것 역시 남보다 기교가 우수하기 때문이다. 기교란 위장으로 꾸미는 것이 아니라 사실에 가까운 이야기를 사실처럼 만드는, 말하자면 피를 제조하는 심장으로서의 꼬투리다. 따라서 글을 쓴다는 것은 그 자체가 벌써 기교를 전제로 하고 있음을 알아야 한다.

_계용묵, 〈작품과 기교〉

기교와 내용은
하나다

언어 없이 문장이 있을 수 없는 것과 같이, 문장 없이 소설이 있을 수 없다. 그러나 언어라고 다 문장이 될 수 없는 것과 같이 문장이라고 또한 다 소설이 될 수는 없는 것이다. 언어를 정리시켜야 문장이 되는 것이요, 문장을 정리시켜야 소설이 되는 것이다.

이럴진대 소설을 쓰는 데 문장 정리가 절대적임을 우리는 알 수 있다. 그렇다면 문장 정리가 잘 될수록 잘 된 소설임은 다시 더 두 말이 필요치 않다. 그러니 소설을 쓰는 데 있어 문장을 더욱더 잘 정리할 수 있는 재주의 필요성을 절실히 느끼지 않을 수 없다. 이 재주라는 것은 무슨 무용한 문구의 정리만을 말하는 것이 아니요, 제재의 선택에서부터 깎고 짜고 세우고 하는 것 같은 그런 일체의 것이 다 포함되어 있음은 말할 것이 없다. 이러한 정리를 가리켜 '표현'이라고 하는 것임을 우리는 잘 알고 있다. 그러면 이 표현 여하에 따라 소설이 잘 되고 못 되리라는 것을 알 수 있다.

소설을 쓰는 사람으로서 이 표현이라는 것을 항상 무시할 수 없다. 나아가 누구나 표현을 잘 하는 재주를 원한다. 이 재주를 '기교'라고 한다.

이렇게 해서 우리는 기교 없이 소설이 잘 될 수 없으리라는 결론을 얻었다. 그런데 기교라는 것을 무슨 한낱 문장이나 매만지는 그런 형식의 도구로, 없어도 무방한 것인 줄만 알고 내용과 대비시켜 선해 후행의 구별을 백철 씨는 '기교와 내용의 문제'에서 지어 놓았다.

"문장에서 우선 내용적인 의미에서 신경지를 개척하고자 하는 의욕이 어떻게 표현하느냐 하는 문제보다도 먼저 혹은 그 후자를 무시하면서 올 수 있는 시대다. 적어도 어떻게 표현하느냐 하는 문제에 선행하여 무엇을 택하여 내용으로 삼느냐 하는 것이라야 할 것이다."

이러한 예를 한번 들어 보겠다. 빵은 밀가루로 만들지만, 밀가루만으로는 빵이 되진 않는다. 소다와 물이 필요하고, 또한 적당한 화력 조종이 필요하다. 밀가루는 내용이요, 소다와 물, 불은 기교다. 여기에 또 한 가지가 없어도 빵은 빵으로서의 형태를 이루지 못한다. 아무리 좋은 밀가루를 택해서 내용을 꾸민들 소다와 물, 불이 없이는 빵이 되지 않는 것이다. 내용이 따로 있는 것이 아니요, 기교가 따로 있는 것이 아니라 기교 역시 소재의 하나이기 때문이다. 피와 살이 떨어져 인체를 형성할 수 없듯 내용과 기교가 떨어져 소설이 형성될 수는 없다. 우주의 내용이 자연이라고 가정한다면 이 자연이 하늘과 땅이 없이 존재할 수 없는 이유와 마찬가지다. 우주가 자연이요, 자연이 우주다. 마찬가지로 내용이 기교요, 기교가 내용이다.

그런데 백철 씨가 말하는 내용이라는 것은 그때그때 눈앞에 바라보이는 인간 생활의 형태를 말하는 것 같고 그것을 가리켜 현실이라고 지칭하는 것 같다. 그리고 그것을 부단히 주시하는 것이 문학자의 입장을 정하는 것이라 하였다.

　"적어도 금일의 현실을 본질적인 면에서 파악하는 눈을 갖고 부단히 현실을 주시하는 곳에 문학자의 윤리적인 입장을 정할 것, 그 입장 위에 선 문학은 결국 내용을 중시하는 문학이요, 동시에 그것은 새로운 형식을 탐구하고 기교를 향상하는 길이 될 것이다."

　그러나 생활은 그때그때 변해도 예술은 때에 따라 변할 수 없다. 소설가가 현실을 보는 각도는 그것이 예술적으로 보는 것이기 때문에 현실이라는 형태를 통해 자기 정신 내용을 비추어보게 되는 것이다. 그리하여 이 정신 내용에 비친 그러한 현실이라야 그것이 비로소 소설의 내용이 된다. 현실이란 육안으로 직시할 수 있는 사실의 그 일면만이 아닌 천지자연 속에서 시간적으로 끊임없이 움직이는 인간 생활의 전체이기 때문이다. 그것이 예술이란 현실을 통해 나타나게 될 때 작가의 기질에 따라서 현실의 각도가 달라진다. 육안으로는 볼 수 없는 꿈이 소설의 제재로 취급되는 것도 그러한 이유요, 그것이 엄연한 현실이다. 그런 점에서 위대한 사실가는 위대한 환상가여야 한다는 모파상의 이야기는 그 얼마나 현실을 정확히 파악한 명언인가.

　이렇게 볼 때 "그 내용과 형식은 조화와 통일을 전제하되, 시대에 따라서 내용을 중요시할 시대와 갈라진다는 것, 그 점에서 볼 때 금일의 문학은 형식이 아니고 내용을 중시할 시대라고 생각한다."라고 한 이러한 이론은 앞에서 지적한 바에 의하여 원칙적으로 성립이 되지 않음이 이미 드러났거니와 다시 한번 더 말한다면 시대에 따라서 빵 만드는 원칙이 변할 수는 없다. 인간 생활은 변하여도 예술은 변하지 않는 것이다. 일제강점기에 그렇게도 강요하던 소위 '국민 문학'을 우리가 못 쓴 것도 민족적 감정에서뿐만 아니라 소설이 예술이기 때문이었다. 예술은 물처럼 흔들리는 유형체가 아니요, 불상처럼 움직이지 않는 탐구체인 것이다.

_**계용묵,〈기교, 즉 내용〉**

기교를
보이지 않는 것이야말로
진정한 예술

객년(客年, 지난해) 이래 왕왕 기교주의가 운위되고(일러져 말해짐), 기교의 과잉이 논란이 되고 있다는 이야기를 들을 때마다 번번이 의아한 느낌을 금할 수 없다. 기교 운운의 제목이 화제 결핍에서 나온 하나의 고책(苦策, 자신의 피해를 무릅쓰고 어쩔 수 없이 택한 방책)인지는 모르지만, 아무리 좌고우면해도 소위 지나친 기교라는 것을 찾을 수 없기 때문이다. 소재의 시대성 및 사회성과 겨루려고 하는 작가에게는 그 표현 수법이 지지리도 재치 없음이 엿보이며, 부질없이 표현에만 치중하고 애쓰는 작가에게서는 정당한 기교의 성숙을 볼 수 없는 경우가 많다.

완벽한 기술을 갖추기에는 아직도 오십 보 백 보의 감이 있다. 문학의 수준을 말할 때 척도는 더 많은 기술에 걸려 있으니, 수준의 저열은 기술의 치졸함을 의미한다. 문학에 있어서 표현은 글이 시작되는 그 첫 대문이자 마지막 대문인 까닭이다. 다른 학문에 있어서의 표현 문제와 문학에서의 그것을 똑같이 논해서는 안 되는 이유가 바로 여기에 있다. 문학

이전의 문제이면서도 동시에 끝까지 문학과 겨루어 결정해야 하는 것이 바로 그 표현이다. 다시 말해 문학에 일정한 체모와 면목을 주는 것이 표현이니, 표현이 성역에 도달하지 못하였을 때 문학의 체모를 갖추지 못한 것이며, 따라서 떳떳하게 문학 행세를 할 수 없다.

유산도 변변치 못한 마른 땅에 이십 년쯤의 세월로 새 문학의 나무가 외국의 그것과 같은 키에 이를 수는 없으며, 아무리 조급하게 군다고 해도 오랜 세기에 걸쳐 이룬 깊은 연륜을 좁은 나무판에 주름잡아 넣을 수는 없다. 많은 사조(思潮, 한 시대의 일반적인 사상의 흐름)의 번안(飜案, 원작의 내용이나 줄거리는 그대로 두고 풍속·인명·지명 따위를 시대나 풍토에 맞게 바꾸어 고침)은 물론 주의의 이입, 각종 기교의 모방 역시 필요하다. 그러나 모두 삽시간의 날림에 지나지 않았을 뿐만 아니라 축소판을 넘지 못하였고, 저작(咀嚼, 음식을 입에 넣고 씹음. 여기서는 '자기 것으로 만드는 것'을 뜻함)이 부족하여 제대로 소화를 시키지 못했다. 그러니 시대의 사조를 담기에는 역부족이었다. 미처 알맞은 그릇을 준비할 수 없어 헤매고 설렐 뿐다. 오랜 세월을 두고 탁마(琢磨, 옥이나 돌 따위를 쪼고 갊) 된 그릇 대신 조제남조(粗製濫造, 조잡한 제품을 많이 만듦)의 목기를 사용했으니 모처럼의 진찬(珍饌, 진수성찬)의 격을 떨어뜨리고 만 것이다.

신리얼리즘의 기치를 높게 세우고 북을 둥둥 울린다고 해서 그 소리에 상응할 문학 기술이 하루아침에 땅에서 불쑥 솟을 수는 없다. 오랜 수련 과정이 필요하기 때문이다. 고골(Nikolai Gogol, 러시아의 소설가이자 극작가)을 거쳐야 하고, 체호프(Anton Chekhov, 러시아의 소설가이자 극작가)를 지나야 하며, 톨스토이까지도 몇 줄의 저작이 되어야만 한다. 그러므로 도정(道程, 사상이나 이치에 이르는 경로)이 짧고 흡수와 독창이 말할 수 없이 부족한 현재에 있어 기교 과잉의 난은 당치도 않을 뿐만 아니라 시기상조임이 틀림없다

이상(李箱)의 기교? 그의 예술에 관한 시비는 그만두고, 기교에 한해 그의 작품을 보더라도 그의 사상을 담기에는 아직 거칠고 서투르기 그지없다. 그러니 부질없는 기교의 난을 부린들 어쩌겠는가. 다음 제너레이션 (세대)의 문학이 증대하고 있다. 그들에 의해 문학 수준은 더욱 성장할 것이다. 그러니 과교(過巧, 지나친 기교) 논란은 그때쯤에 가서 다뤄야 할 것이다. 기교라고 해도 손가락 끝에 철필을 세우고 그 촉 끝으로 눈알을 희롱하는 것이 참된 기교는 아니기 때문이다.

"Ars est celare artem."

기교를 보이지 않는 것이야말로 참다운 예술이다. 말을 아끼지 말고, 덜고, 깎고, 자랑하지 말고, 뽐내지 말고—이처럼 문학에 있어서 참된 기교의 길은 매우 어렵다.

서도(書道, 글씨를 쓰는 방법. 또는 그 방법을 배우고 익히는 일)의 극치는 조솔고졸(粗率古拙, 조잡하고 옹졸한 글씨)에 있다고 하니, 곧 문학 기교의 길과도 통한다. 그것은 헛되이 풍윤(풍성하여 넉넉함)하거나 화려하지 않은 대신 낡고 옹졸한 곳에 수련된 명장(名匠)의 손길과도 같은 것이어야 한다. 나아가 홍차가 아닌 떫은 녹차의 맛이어야 하고, 사탕을 넣지 않은 쓴 커피의 맛이어야 한다. 하지만 이러한 경지의 숙달된 문학의 표본은 아직 문 앞에 보이지 않는다. 참된 기교의 길은 그만큼 멀기 때문이다.

_이효석, 〈기교 문제〉

기교는
내용의
종속물일 뿐

예술에 있어 기교는 무시할 수 없다. 어떤 사상과 감정을 예술로 표현하자면 반드시 거기에 맞는 기교가 필요하기 때문이다. 그러므로 아무리 훌륭한 생각이라도 그것을 표현할 만한 기교가 없다면 그 생각은 하나의 생각으로서 머릿속에서만 맴돌고 있을 뿐, 예술품은 아니다. 또한, 같은 예술 작품이라도 표현 기교의 우열에 따라서 그 가치가 좌우되기도 한다.

그 때문에 예술가는 기교를 무시할 수 없다. 그러나 기교는 기교일 뿐. 내용을 표현하는 데 있어 수단과 방법으로만 사용해야 한다. 그렇지 않고 기교를 위해 내용—즉, 사상과 감정을 수단과 방법으로 끌어들인다면 그 예술품은 전혀 가치가 없게 된다. 그것은 마치 화장과 옷차림으로만 미인이 되려는 것과 별반 다른 점이 없기 때문이다. 몸의 영양은 생각하지 않고 분과 연지와 울긋불긋한 화장으로써 말라빠진 얼굴과 비린내 나는 몸을 가려 사람들의 눈을 끄는 화장 미인을 보고, 육체 발육이

건전하고 혈색이 좋아서 화장과 옷차림을 그리 신경 쓰지 않아도 사람의 눈을 끄는 건강한 미인을 보게 되면, 화장 미인에게서는 절대 볼 수 없는 생명의 저류(低流, 낮은 흐름)를 느끼게 된다. 전자는 조화(造花, 생화를 모방해서 만든 꽃)요, 후자는 생화(生花)다. 또한, 전자는 한 사람으로서 사람다운 미를 나타내기 위한 것이 아닌 자신의 만족과 어떤 계급의 오락 대상으로 지어진 인형이요, 후자는 건전한 인간으로서 당연히 소유하고 있는 생활과 육체의 완전한 결합물이다.

예술도 이와 같은 것이다. 내용은 인격 문제다. 기교는 그 인격의 종속물로 그 인격을 드러내는 한 수단과 방법에 지나지 않기 때문이다. 이에 인격의 충실 — 예술의 영양소가 되는 내용은 돌보지 않고 수단과 방법에만 이끌려서 기교를 위한 기교에만 충실하게 되면 그 인격은 결국 파멸을 당하게 되는 것이다.

재미있는 이야기가 하나 있다.

작년 여름, 한 친구를 찾은 일이 있다. 그는 친구인 한시 작가에 관해서 이렇게 얘기했다.

한시 작가는 그 분야에서 제법 이름 높은 사람으로 만년에 이르러 자신의 시집을 내기 위해 원고를 모아 일일이 퇴고를 했다고 한다. 하지만 젊은 시절의 작품과 만년의 작품이 다른 것은 그로서도 피하지 못할 일이었다. 경향도 다르거니와 기교에 있어 서툰 점 역시 다수 발견할 수 있었기 때문이다. 그래서 뺄 것은 빼고 더할 것은 더했지만, 첨삭할수록 시다움이 사라져 유두분면(油頭粉面, 기름 바른 머리와 분을 바른 얼굴을 뜻하는 것으로 여자의 화장 말함)의 화장을 보는 듯이 불쾌했다고 한다. 하지만 그것은 그 시가 가진 상은 생각지 않고 문자의 기교에만 너무 힘쓴 것과 모든 것을 만년의 표준으로써 규범하려는 데서 생긴 병이었다. 결국, 그는 침산의 붓을 버리고 본래의 시 그대로를 창작의 연대순만 적어서 재(梓, 인쇄)에 넘겼다고 한다. 이는 내용과 기교의 관계를 무엇보다도 절실히 가르쳐 주는 동시에 문예와 시대의 관계까지도 명확하게 보여주는 이야기라고 할 수 있다.

문예에 기교가 있어야 하는 것은 문예가 가진 내용을 명확하게 표현하기 위해서지, 결코 기교 그 자체를 위함은 아니다. 그러므로 내용에 따라서 기교가 규범이 되는 것이지, 기교를 위해 내용을 규범 지으려는 것은 옷에 따라 몸을 늘이고 줄이는 것과 별반 다를 바 없다. 하지만 세상에는 내용 없이 기교로서만 읽히는 작품이 적지 않다. 그런 화장 미인 같은 작품은 우리의 생활에 아무런 도움도 주지 못한다. 설령, 도움을 준다고 한들 미미함에 지나지 않으며, 오히려 독이 될 뿐이다. 따라서 기교는 내용의 종속물로 삼아야 한다. 특히 목적의식을 강조하는 우리 무산문예가(정치적 · 사회적 · 문화적 권력을 소유하지 못한 계급)들은 더욱더 그래야만 한다.

_최서해, 〈내용과 기교〉

독자가
필요로 하는
글을 써라

당면한 중대 문제는 한두 가지가 아니외다. 생활 문제도 중대 문제이요, 검열 문제도 중대 문제이요, 수양 문제도 중대 문제외다. 이 여러 가지 문제는 모두 중대하여서 어느 것이 더 중대하고, 어느 것이 더 중대하지 않다고 할 수 없습니다. 생활 문제가 해결되었더라도 수양이 부족하면 역시 그 꼴이 그 꼴이 될 것입니다. (생활이 안정되었다고 반드시 수양에 힘쓰는 것도 아닙니다. 어떤 경우에는 도리어 타락하는 경우도 많습니다.) 또한, 생활이야 설령 안정되고, 수양이 충분하여 훌륭한 작품을 낳았다고 하더라도 검열이 잔혹하면 그 작품은 무참한 주검이 되고 말 것입니다. 그러니 모든 문제는 똑같이 현하(現下, 오늘날) 우리 문단이 전체적으로 당면한 중대 문제라고 생각합니다.

작가로서 일정한 주견 없이 어떤 생활이나 창작의 제재로 삼는 것은 실제 그대로를 표현한다는 사실주의 작가의 작품에서도 볼 수 없는 것이외다. 암만 실제 그대로를 표현한다고 해도 결국은 작가라는 한 인격을 통해 나오는 이상 그 인격의 주견을 벗지 못하는 것이 사실입니다. 여기서 제재 선택의 문제가 생기는 것입니다. 그러므로 현하 우리 문단의 작가들은 제재를 현하 우리 민중이 요구하는 것 속에서 취해야 할 것입니다.

독자 대중은 반드시 지식 계급만이 아니외다. 다소 문자를 해(解)하는 이면 독자 대중 또한 있는 것입니다. 그러므로 독자 대부분은 고원(高遠, 품은 뜻이나 이상이 높고 원대함)한 이상보다도 목전의 향락에 끌리는 것입니다. 즉, 고원한 이상을 세우고 수양에 힘쓰는 사람 외에는 분방한 본능에 쉽게 끌리는 것입니다. 소설 가운데서도 음탕한 것이 민중에게 많이 읽히는 것은 그 때문이라고 믿습니다. 독자 대중을 얻으려면 그렇게 본능을 도발하는 작문을 써야 할 것입니다. 그렇지 않고 고상한 작품을 가지고 대중을 얻으려거든 그 대중에게 그 고상한 작품을 따르도록 교육부터 해야 할 것입니다. 따라서 현하 우리 작가들은 대중을 얻으려고 쓸데없이 수고하지 말고 먼저 현하의 우리 대중이 갖지 않으면 안 될 작품을 쓰는 것이 마땅할 줄 믿습니다.

_최서해, 〈제재 선택의 필요〉

문학의 본질

1

문학의 본질이라는 제목을 가지고 며칠 동안 여러분께 이야기하고자 한다.

대체로 문학이니, 예술이니 하는 소리는 우리가 하루에도 몇 번씩 듣고 있을 뿐만 아니라 중류층 이상의 가정에서는 이미 일상적인 말이 되어버렸다. 그러니 "문학이란 과연 무엇이냐?"고 물어도 "이렇다"고 또 렷이 대답할 수 없다. 설령, "문학이란 이런 것이다." 며 즉석에서 대답하는 교양 있는 사람이 있다고 해도 그것이 과연 어느 정도까지 정확하게 문학이라는 말이 갖고 있는 개념의 내용과 범위를 설명할 수 있는지 보증할 수 없다. 더욱이 세월이 흘러도 변할 줄 모르는 문과 교수들의 낡은 잡기장(雜記帳, 여기 가지 잡다한 것을 적는 공책) 속의 문학에 대한 정의와도 어디 가 어떻게 다른지 알 수 없다.

이처럼 일상적으로 쓰는 말임에도 불구하고, 정색하고 물어보면, 누구 하나 똑똑하고 과학적으로 대답하는 사람이 없을 만큼, 문학은 여러모로 정의되어 왔다.

여러분도 잘 알고 있는 러시아의 대문호 톨스토이 역시 〈예술이란 무엇인가?〉란 논문에서 예술과 문학이 무엇인지 설명하기 위해 몇십 가지 각각 다른 정의를 인용한 바 있다. 하지만 백 년 뒤의 우리는 과연 어떤가. 그가 내린 정의에 결코 만족해하지 않고 있다.

각양 각층의 예술가와 문학가들 역시 마찬가지다. 물론 이 짧은 이야기 속에 그런 여러 가지 의견을 모두 인용하고 비판할 수는 없다. 그뿐만 아니라 문학이 현재 문제 삼고 있는 모든 것을 전부 이야기할 수도 없다. 이에 문제를 국한, 범위를 좁혀서 대강의 윤곽만을 이야기하고자 한다. 그러므로 여기서는 문학의 본질이 무엇인지를 통해 현재 우리 문학이 당면한 몇 가지 과제에 관해서 살펴보고자 한다.

만일 이 글이 여러분의 문학적 교양을 조금이라도 풍부하게 할 수 있는 자양분이 된다면 나는 이를 더 없는 즐거움으로 생각할 것이다.

2

먼저, 문학의 개념과 그 범위에 관해서 간단하게 설명한 후 문학과 우리의 생활을 연관 지어 이야기하고자 한다.

우선, 문학은 언어를 통해 이루어지기 때문에 다른 예술, 예컨대 음악이나 그림(회화), 조각, 영화와 확연하게 구별된다. 나아가 언어를 통해 사람이 갖고 있는 지혜를 기록한 다른 학문과 구별될 필요가 있다.

사실 지난날 혹은 이즈음에도 문학이라는 범위에 경제학적 문학 · 철학적 문학 · 기술적 문학 등의 별칭을 붙이려는 사람이 더러 있다. 그뿐만 아니라 역사적 기록이나 연대기 역시 문학이라는 이름으로 불리고 있다. 기독교의 《성경》을 히브리 문학이라고 하는 것이 가장 대표적인 예다. 동양 역시 《논어》, 《맹자》, 《삼국사기》와 같은 기록물을 문학이라고 부른다. 하지만 우리가 여기서 이야기하고자 하는 문학은 그것과는 확연하게 구분될 뿐만 아니라 그 범위와 내용 역시 또렷하게 규정되어야 한다.

옛날에는 모든 문화가 원시적인 형태로 통일되어 있었기 때문에 철학적인 저술과 종교적 설교 역시 문학이라는 범주에 포함되었다. 하지만 갈수록 사회가 복잡해지고 계급 생활이 갖는 형태 역시 변화를 거듭한 결과, 피차의 분야가 서로 명백해지면서 철학과 의료, 법률 등이 각각 따로 떨어져 나가게 되었고, 문학이라는 말 역시 예술 문학만을 지칭하는 것으로 변하였다.

이와 같은 분화의 과정은 예술 자체 내에서도 볼 수 있다. 원시 사회에 있어서는 음악과 시가 함께 융합되어 있었지만, 그 후에는 서로 특수한 형태를 밟기에 이르렀기 때문이다.

이렇게 각 문화 형태가 분화 과정을 일으키게 된 것은 생산관계의 변천에 따라 경제적인 토대 위에 건설되는 의식 형태가 변했기 때문이다. 사회가 점점 복잡해져 가고 계급 생활이 단단해져 갈수록 같은 문화, 같은 예술, 같은 문학 속에서 점점 문학의 분화 과정과 분해 작용을 거듭해온 것이다. 이는 미래에도 마찬가지일 것이다. 그러나 문학이 이런 모든 것과 구별될 수 있다고 해도 그것은 서로 절연(絶緣, 인연이나 관계를 완전히 끊음) 상태에 있는 것이 아니다. 문학은 다른 의식 형태와 서로 작용하면서, 특히 철학과 정치와의 상호작용 속에서 형성되기 때문이다. 물론 문학이 사회적인 생산관계에 의존하지 않는다고 주장하는 예술지상주의자나 문학주의자들은 이에 반대하고 있다. 이에 문학의 분화 과정을 괴상하고 모호하게 설명한다. 하지만 그것은 다시 날을 잡아 비판하기로 하자.

다른 사회적 의식과 마찬가지로 문학 역시 일반적 · 생산적 · 계급적인 기초 위에서 성장하면서 인간적인 사회 활동과 함께 자신이 처해 있는 계급에 봉사하는 하나의 인식 형태임은 두말할 필요가 없다. 특히 문학이 언어라는 것을 통해 표현되면서 다른 과학과 학문에서 구별되는 것은 그것이 형상적인 형식을 갖추고 있기 때문이다. 그러므로 '형상적'이라는 말을 이해하지 못하면 예술 문학의 특수성 역시 이해할 수 없다.

그렇다면 형상적인 형식이란 과연 무엇일까.

3

지금까지 "예술 문학이란 무엇이냐?"라는 물음에 대해 사회의식과 현실에 대한 인식을 목적으로 한다는 점에서 과학과 같지만, 인식과 표현의 방법 차이로 인해 과학과 구별될 수 있음을 알아보았다. 나아가 문학의 특수성을 언어에서 찾을 수 있다는 것도 알게 되었다. 그 결과, '예술 문학이란 사회의식과 현실에 대한 인식을 특수한 언어 문자로 표현한 형상적인 형식이다'는 결론에 도달할 수 있다.

사실 예술적 방법과 과학적 방법의 차이를 설명하려면 부득불 형상적 형식에 관해서 먼저 확실하게 이해할 필요가 있다. 그러나 과학과 예술 문학이 아무리 객관적 진리를 인식하고 표현한다고 해도 공평하고 순수한 태도를 그대로 반영하는 것은 결코 아니다. 역사에 기록된 모든 과학자와 문학 예술가는 항상 그들의 입장과 생활의 필요 때문에 객관적 현실을 재단했기 때문이다. 그러므로 그들이 재단한 결과로서 나타난 과학과 예술 문학에는 재단하는 사람의 필요와 요구, 감정이 진리의 인식에 있는 까닭에 그것이 훌륭하고 가치 있다는 객관적인 결정과 평가는 결국 그 과학과 문학예술이 얼마나 많은 진리를 표현하고 있는가에 따라서 결정되는 것이다.

순수문학을 주장하는 사람들이 아무리 순수한 예술을 만든다고 해도 거기에는 출신 계급과 교육 정도, 생활 감정이 다른 사람들이 모일 수밖에 없다. 그러다 보니 항상 자기 생활 감정에 지배되고, 출신 계급의 분위기와 취미에 따라 사물을 제각각 표현할 것이 틀림없다. 그런 가운데 누가 가장 훌륭하고 가치 있는 예술가냐는 것은 필연적인 것을 누가 더 많이 표현하고 추상하느냐에 따라 결정되는 것이다. 동시대·동일한 계층 · 직업 · 연령 · 성별 · 환경 · 의식 등에 속하는 수많은 사람 중에서 가장 전형적인 것을 종합 창조하는 것, 이것의 잘잘못에 따라 그 가치의 여하가 결정되는 것이다.

그렇다면 예술의 추상과 과학의 추상은 과연 어떤 차이가 있을까?

예술은 일반적인 것, 필연적인 것을 감성적 · 개체적 형태에서 파악하는 데 반해, 과학은 현실의 감상적인 개별적 현상을 논리적 · 일반적 형태에서 파악한다.조금 전에 말한 형상적 형식이라는 문구는 결국 예술 문학이 일반적이고 필연적인 것을 감성적 · 표상적 · 개체적 형태에서 파악하고 그것을 문자로써 표현하는 것을 말하는 것에 불과하다.

이제 그것의 쉬운 예를 들어 문학예술의 형식과 과학 형식의 차이를 살펴보기로 하자.

4

여기, 개 한 마리가 있다고 하자. 예술 문학가가 그리는 개는 필연적이고 일반적인 것이어야 한다. 나아가 감성적이고 개체적인 면에 있어서 현실에 살아 있는 개여야만 한다.

그러나 동물학자의 입장에 서 있는 과학자의 경우, 현실의 어떤 개가 다른 개와 본질적으로 구별되는 개성적인 특징을 명백히 밝힘에 있어 그 피부의 형태 혹은 후각의 정도, 기타 여러 가지 습성 등을 각 부면에 따라

분석하고 다른 종류와의 필연적인 구별을 명백히 밝힌 후 마지막으로 종합적인 차이를 발달사적으로 설명할 것이다.

이러한 과학적 방법의 과정을 보면, 그 출발점은 예술 문학가의 그것과 마찬가지로 평범한 개에 불과하다. 하지만 여러 과정을 거치면서 특정한 종류의 개로 재현된다. 이 재현은 결코 감성적인 것이 아닌 논리적 · 개념적인 것이다. 이를 역사를 연구하는 역사 과학자와 하나의 역사적 사건을 제재로 글을 쓰는 소설가의 태도에서 살핀다면 한층 더 명백해질 것이다.

한 시대를 그리고자 할 때 문학가는 그 시대의 전부를 그릴 수 없다. 그러므로 그 시대에서 가장 전형적인 정황을 포착, 그 정황 속에서 활약하는 가장 전형적인 인물의 행동을 통해 그 시대를 담게 된다. 그러나 역사 과학자는 다르다. 시대를 경제적 · 정치적 · 문화적인 여러 측면을 통해 고찰하고 다시 그 시대를 초기와 중 · 하기로 나누어 추상적으로 고찰한 뒤 그 시대의 특성을 전대와 후대와의 구별 혹은 동일과에 있어서 명확히 해야 한다. 이를 통해 그가 그리는 시대는 일반적인 논리적 규정의 종합으로서 재현되게 된다. 결국, 일반과 개별과의 통일로서 진리를 표현함에 있어서 과학은 감성적인 개별을 일반적 논리적 규정에 의해 재현하고, 예술 문학은 일반적인 것을 감성적 표상적인 개체로써 표현하는 것이다.

이렇듯 과학과 예술 문학은 서로 진리 파악과 표현에 있어서 다른 태도를 가지면서 특수한 형식을 갖고 있다. 하지만 그 외에도 둘을 엄밀하게 구별하는 중요한 요소가 있다. 사실 진리 인식 능력만을 갖고는 그 방법과 형식이 아무리 다르다고 해도 결국 목적이 똑같다. 그러나 그 방법에 있어서 내용과 형식이 서로 다른 이상 표현하는 가치 역시 서로 달라야 한다. 이것이야말로 둘을 구분 짓는 가장 큰 특징이라고 할 수 있다.

_김남천, 〈문학의 본질〉

문학과
시대 정신

1

모 잡지로부터 문학 건설 방법에 대한 질의를
받은 후 가장 먼저 통일된 정신을 가져야 한다고 말한 적이 있다. 추상적
인 절규나 일화 나부랭이를 들고 감히 문학 정신의 탐색을 위장하는 것
보다 우리가 가진 작품과 작가의 주밀(周密, 치밀하고 꼼꼼함)한 분석, 평가 속
에서 어떤 원리적인 것을 찾아보자는 마음이었다. 하지만 현재 우리 문
학이 처한 위기와 상황을 고려해 통일된 문학 정신의 건립이 여하히(의
견·성질·형편·상태 따위가 어찌 되어 있게) 곤란함에 관해서 얘기한 후 이러한 정
신을 탐색하는 비평가의 과제로서 원리적인 것의 수립을 위한 작가론 및
작품비평의 중요성에 대해 일반의 주의를 환기하는 데 그치고 말았다.

그 후 2~3개월 동안 이에 대한 평론가들의 수많은 제안과 처방을 여
러 신문과 잡지를 통해 읽었다. 그러나 '독창성의 창조'니 '리얼리즘의

초극(超克, 어려움 따위를 이겨 극복해 냄)'이니 하는 등등의 모든 논책(論策, 시사 문제 따위를 논한 글. 또는 그런 문체)이 현재 우리 문학의 평가에 대해 언급함이 없는 순전한(순수하고 완전한) 사변적인 것이거나 고전작가의 '맥시므', '에피그램', '포르트레(portrait, 초상화, 초상 조각)'의 요설적인 주석, 또는 일화의 무질서한 나열임에 실망하지 않을 수 없었다.

평론과 비평은 피로해 하고 있다. 그 결과, 히스테릭한 절규 아니면 때때로 요설(饒舌, 쓸데없이 말을 많이 함)을 거듭하지 않을 수 없다. 이것이 평론이 작가의 존경을 받을 수 없는 가장 큰 이유다. 이에 나는 '시대의 분열과 문학 정신'이라는 제목을 다시 받아들여야만 했다. 하지만 수개월 전의 안일하고 소극적인 방책을 더는 되풀이해선 안 되었다. 원리적인 것의 탐색을 위한 작가론, 즉 작품 분석의 중요성은 그대로 하나의 방책일 수 있다. 그러나 더는 그것을 되풀이해선 안 된다. 그렇다면 무엇을 제시해야 할까? 모든 것을 통일할 수 있는 유일한 문학 정신의 탐구, 나아가 방책은 과연 무엇일까? 하지만 나는 여기에 솔직하게 고백하지 않을 수 없다. 그것을 제시할 수 없다고….

방책을 제시하든가, 그 방법을 제시할 능력이 없다는 것은 비평의 포기요, 평론의 실권(失權, 권리를 잃음)이다. 그뿐만 아니라 '문학 하는 것'의 실격이기도 하다. '문학 하는 것'의 자격과 권리와 의무를 스스로 포기하고 상실하면서 과연 어떻게 문학을 할 수 있을까? 나는 그것을 믿을 수 없다. 이에 스스로 나서서 그것을 감히 제안할 수는 없지만, 각자가 모두 '문학 하는 것'의 의의와 그것을 어떻게 끌어가느냐 하는 것에 대한 일정한 신넘을 가진 것이라는 결론에 이르지 않을 수 없다. 그 신념이 무엇인지 명확히 말할 수 있을 만큼 성숙하지 않았는지도 모른다. 그러나 명확한 재단(裁斷, 옳고 그름과 착하고 악함을 가름)에 이르기 전에 일종의 성실한 상념의 애매성이 때로는 여하한 결론보다 더 가치가 있음을 우리는 경험한 바 있다. 이러한 사고나 신념의 애매성 — 그것은 때때로 적절한 표현방식을 통해 '고백' 되곤 한다.

나는 문학에 종사하는 작가와 시인들에게 종종 '고백'을 요구하고 있다. 그러나 그 고백이 결코 평론이나 비판일 수는 없다. 그것만으로는 '고백'에 지나지 않기 때문이다. 하지만 추상적인 관념이나 평론가의 요설을 통해 명확한 표현을 찾을 수 없으면, 그 고백의 이면을 들여다볼 수밖에 없다. 진실을 이야기하여 조롱하는 것이 허세를 부리고 난 뒤의 허망한 공감보다는 훨씬 더 착하고 '문학 하는 것' 같기 때문이다.

나는 이 글을 하나의 '고백'으로 삼고 싶다. 그러므로 뭘 제시하거나, 제창하거나, 처방하지 않을 생각이다. — 이러한 곳에서 '문학 하는 것'의 의의를 찾는 사람도 있다. — 하지만 사고에 관한 하나의 참고자료가 되기를 희망한다.

2

"작가란 동혈(洞穴, 벼랑이나 바위에 있는 동굴) 속에 남겨 놓은 제 새끼를 보살

피는 어미 호랑이와도 같다. 비록 어미 호랑이는 등에 화살을 맞아 치명상을 입었을지라도, 그것 따위는 전혀 신경 쓰지 않고, 오직 새끼를 위해 젖을 물리는 것처럼."

셰스토프(chestov, 러시아의 철학자)의《톨스토이와 니체의 가르침에 나타난 선: 철학과 교설》이라는 책의 서문에 나오는 말이다. 아마 벨린스키의 인간적 약점을 폭로하는 내용을 기억하는 사람이 있을 것이다. 그는 여기서 미친 듯이 추궁하고 있다.

"대중이란 지나칠 정도로 많이 알아서는 안 된다. 다만, 대중에게는 이상이 필요하므로, 대중에게 봉사하려는 사람은 이상을 수립할 필요가 있다."

그는 여기에서 '이상' 뒤에 숨어 있는 모든 인간적인 약점과 사생활의 비밀을 폭로하고 대중에게 전달해 사회에 봉사한다는 이상주의의 허망함을 통렬히 공격하고 조소하고 있다. 이에 벨린스키에게도 그런 상처가 있음을 고백한다.

"그것은 그의 흉포성과 인용된 편지, 화투 취미 같은 것이 증명한다."

하지만 이는 벨린스키 개인에 대한 개인적인 항변은 절대 아니다. 나로드니키(Narodniki, 19세기 후반 러시아의 청년 귀족과 급진적 지식인을 중심으로 일어난 농본주의적 사회주의. 또는 그런 사상을 가진 집단)적 지도자 미하이롭스키에게나 또는 이상을 내걸고 대중을 이끄는 모든 이론가와 사상가에 대한 셰스토프의 철저한 반항이라고 할 수 있다. 이에《비극의 철학》에서 다음과 같이 한탄하고 있다.

"희망은 영원히 사라져버렸다. 하지만 전과 다름없이 살아가야 한다. 생명이 다하려면 아직도 멀었기 때문이다. 죽고 싶어도 죽을 수 없다."

그는 도스토옙스키와 니체의 연구를 거쳐 땅 위에서 일어나는 일체의 배덕(背德, 도덕에 어긋남)과 불행과 좌절과 추악(醜惡, 더럽고 흉악함), 배신을 저 자신의 등에 짊어지고 배교자(背敎者, 믿던 종교를 배반한 사람) '유다'와 같이 감람산을 향하리라고 결심한다. 이에 이렇게 되풀이하고 있다.

"토대를 잃어버리는 것이 회의의 단초(端初, 실이나 사건을 풀어나가는 첫머리) 다. 이상주의가 현실의 공격에 대해 무력하고 운명의 의지에 종용되어 사람이 현실과 충돌하고 선천적인 아름다움이 허위에 불과하다는 것을 알고 놀랐을 때 비로소 회의적인 마음이 그의 가슴에 끓어오르고 낡은 공중누각의 벽을 일시에 파괴해버리는 것이다."

그 결과, 셰스토프는 신에 대한 신앙을 거부할 뿐만 아니라 미래에의 신앙을 거부하고, 결국 악마에의 신앙까지도 거부하기에 이른다. 나아 가 끝까지 제 목숨을 스스로 끊지 못한 채 지상의 온갖 치욕과 죄악을 한 몸에 지니고 유다와 같이 저주의 등산을 경험하게 된다.

불행하게도 내가 다시 붓을 들게 된 시기는 우리 문학인과 지식인이 셰스토프와 비슷한 상황에 있을 때였다. '과연 문학이 일생의 천직일 수 있는가?', '문학이냐? 정치냐?'를 겨우 처리하면서 붓을 든 내가, 그때 자신의 '문학 하는 신념'을 토로한 것은 주지하는 바와 같이 고발정신 때문이었다.

고발정신의 광범위한 과제 중 하나로 가장 치열하게 추급(追及, 뒤쫓아서

(따라붙음)하고자 한 것은 다름 아닌 자기 고발정신이었다. 그 후 '모럴' 설정을 경험하였고, 그렇게 해서 다소간 정신적 여유를 얻은 고발정신은 객관적 묘사 한가운데서 풍속을 찾기에 이르렀다. 하지만 나는 그 과정에서 다른 사람에게 제시할 어떤 이야기도 습득하지 못하였다. 그렇다고 해서 고발정신의 준엄한 비판자들에 대한 회고까지도 기억 속에서 내쫓을 수 있었던 것은 아니다. 과연 그들은 자신들이 무엇이라고 그렇게 매언(罵言, 심한 욕설)을 퍼부었던가? 아직도 내 귀에는 그 소리가 너무도 생생하게 들려온다.

고발정신을 공격한 이는 많았다. 자기 고발의 허망함을 비판한 이 역시 적지 않았다. '유다적인 것과 문학'을 셰스토프와 엮어서 통렬히 매도한 것도 훌륭했다. 도덕론과 모럴의 확립을 소시민의 장난이라고 비웃은 것도 좋았다. 고발정신과 풍속론에 대한 관심의 결여와 나의 불성실함을 지적하는 것도 좋았다. 그러나 그들의 호령과 절규의 사변을 정지하고 잠시나마 제가 서 있는 자리를 둘러볼 만한 진실성을 토로하는 이는 드물었다. 요설(饒舌) 뒤에 있는 공허한 마음을 통절히 느끼는 이 역시 거의 없었다. 실로 '유다'를 속된 기독교도처럼 조소할 줄은 알면서도 일체의 추악과 치욕을 등에 짊어지고 감람산으로 향하려는 자는 하나도 없었던 셈이다. 실로 그것뿐! 이에 나는 제씨(諸氏, 여러 사람을 높여 이르는 말)의 '성실'의 고백을 치열하게 요구하는 바다!

3

비판이 때때로 방관을 도폐(塗蔽, 덮거나 숨김)하는 때는 바로 그런 순간이다. 고발문학론과 풍속론에 의한 '로만개조론(모럴, 풍속론을 구체적인 창작 방법론으로 전환한 것)'과의 사이에 인간적 성실이 결여되었는가? 제씨의 비판과 최근의 주장과의 사이에 진실성이 얼마나 관련되어 있는가? ─ 이것을 증명하기에 실로 얼마나 많은 세월이 필요하였던가? 하지만 역사는 이를 증명하기 위해 일 년 이상 허비하지 않았다. 그런데 지금 제씨는 다시 제창하고 비판하기에 이르렀다. 그것이 일 년 전의 '비판'처럼 기만에서 시종(始終, 시작과 끝)하지 않으리라고 과연 누가 보증할 것인가. 그 결과, 논자(論者, 이론이나 의견을 내세워 말하는 사람)에 대한 불신은 '문학정신' 전체에 대한 신의 부정으로 옮아갈 것이 틀림없다.

나는 일찍이 자기 고발의 추궁에서 '모럴' 확립의 실마리를 잡으려고 애쓸 때 방관자와 제삼자의 허세적인 비판을 경계하며 이렇게 말한 바 있다.

"작가 스스로 절실하다고 생각하는 문제가 역사나 국가, 사회로서도 매우 중요하고 절실한 문제인가? 그런 문제를 어느 정도까지 자기 개인의 문제로 삼느냐가, 현대 작가에게 있어서 가장 곤란하고 중요한 문제이자 긴요한 문제임이 틀림없다."

일천 년 가까운 장구한 기간 동안 동서의 수억 명의 기독교도가 '유다'를 저주하고 그의 죄악을 암송하였다. 그러나 "너희들 중에 죄 없는 자는 피녀(彼女, 죄인)에게 돌을 던지라."는 교훈을 실천하는 자는 극히 드물었다. 더욱이 인류의 온갖 죄악과 치욕을 스스로 자신의 것으로 생각하고 그것을 그대로 등에 걸머진 채 감람산으로 향한 사람은 과연 얼마나 될까.

나는 모른다! 자기 고발의 비판자 중에서 자기의 '성실'이 거짓이 아니었음을 이야기할 수 있는 사람이 몇이나 되는지. 나는 그것을 아직 알지 못하고 있다. ― 고발정신은 그의 첫 과제로 자기 고발을 추궁하였다. ― 자기 고발은 '모럴'의 확립으로 발전하고 ― 이여(爾餘, 그 나머지) 고발 문학은 풍속 관념의 문학적 정착을 얻은 후 리얼리즘의 구체화를 꾀하여 '로만개조론'으로 이어졌다. 과연, 이 과정에서 고발정신은 성실을 결(缺, 갖추지 못하고 빠뜨림)하였는가. 오늘은 리얼리즘, 내일은 로맨티시즘, 오늘은 감성, 내일은 지성, 그리고 생각나는 대로 괴테로! 위고로! 가끔 가다가는 페단틱(pedantic, 지나치게 규칙을 찾음)한 철학적 교설로! ― 과연 제씨 등은 어떠한 성실을 고발정신의 비평에서 보여주고 있는 것일까? 그러나 고발정신은 이 이상 제씨의 이야기에 귀를 기울일 필요가 없다. 자기의 행정(行程, 일이 진행되어 가는 과정)을 정지하고 답보할 필요가 없어졌기 때문이다. 신경과민과 신체의 상처를 떨어버리고 자신의 건강과 영양을 갖기 위해 새로운 계단으로 옮아가야 할 시기에 당도했기 때문이다.

크건 작건 그것은 '모럴'을 거쳐 오늘에 이르렀고, 리얼리즘을 고집하여 지금에 이르렀다. 또 빈약하나마 '세태'와 자기를 구별하고 '현학'과 국경을 명백히 한 '풍속'을 획득하여 새로운 묘사 정신을 잡으려 하고 있다.

　지금 내가 새로운 정열을 그 위에 부여하는 것은 이 또한 고발정신의 인간적인 불성실일까? 나는 다음에 이를 명백히 밝히지 않을 수 없을 것이다. 그렇다면 새로운 계단을 향해 문학의 정신을 풍부히 하고 윤택 있게 하는바, 새로운 정열이란 과연 무엇일까? 그것은 '발자크적인 것'으로 표현할 수 있는 강렬한 묘사의 정신이다. 그러나 지금 내가 2년 동안의 나 자신의 문학 과정의 결과에 서서, '발자크적인 것'에다 하나의 순간을 허락하려고 할 때 나는 '발자크'적 방법과 관련된 약간의 회고를 여기에 기록하지 않으면 안 될 듯하다. 2년 전, 내가 자기 고발을 통해 문학의 주체 건립에 노력하고 있을 때 이 땅의 평론가들은 부당하게도 작가에게 '발자크'적인 객관 묘사를 권하고 있었으므로.

4

　2년 전 제씨 등이 '발자크'적 방법을 표방한 것은 순전히 주체에 대한 성찰과 작가의 자기 분열, 통틀어 사색적인 것 전부를 거부하고 망각하기 위해 방편적으로 불러본 것에 지나지 않았다. 그들은 자신의 문제를 완전히 선반 위에 올려놓고 그대로 객관 세계에 몰입할 것만을 주장하였다. 그렇게만 하면 객관 세계는 충분히 인식될 수 있고, 훌륭한 리얼리즘 역시 구현할 수 있다면서.

그들은 발자크의 훌륭한 객관 묘사가 당대 사회의 본질을 묘파(描破, 남김없이 그리고 밝혀 냄)했다는 구두선(口頭禪, 실행이 따르지 않는 실없는 말)을 날마다 되풀이했다. 그러나 이러한 주장의 진위를 증명하는 데 역사는 그다지 많은 시간이 필요하지 않았다.

제씨 등에 의해 리얼리즘이 얼마나 발전하였는지, 그들이 리얼리즘의 진전을 위해 어떤 노력을 했는지 — 여하튼 지금은 리얼리즘을 부르짖는 이도 없을 뿐만 아니라 발자크 역시 일시어인 영문을 몰라 지하에서 고요히 눈을 감고 있을 뿐이다. 이처럼 유행의 건망증은 그것마저도 망각의 하천에 던져버리고 태연하기 그지없다.

이러한 때 주체를 내버려 두는 것이 여하히 허망된 것임을 완강히 주장하며 모럴의 획득 없이는 객관 세계의 인식이 불가능하다는 것과 고발 정신의 많은 과제 중 하나로 자기 고발을 실천하라고 외치는 것은 과연 잘못된 일일까.

나는 결코 2년이란 짧은 시일이 모든 과제를 해결했다고는 생각하지 않는다. 자기 분열이 초극되었다든지, 주체가 확립되었다든지, 모럴이 획득되었다든지 — 나는 그 성과를 말하고 싶지 않다. 그러나 나는 지금 나 자신을 어느 정도까지 리얼리즘의 새 계단 위에 서게 할 수 있을 만한 심리적인 준비는 치렀다고 말할 수 있다. 왜냐하면, 고발 정신은 리얼리즘으로 하여금 풍속을 고려하게 할 만한 정신적 여유를 갖고 있기 때문이다. 나아가 '리얼리즘을 버려라!'든지, '리얼리즘의 초극'이라고 하는 평론가들의 권유를 완강히 거부할 만한 정신적 준비를 이미 끝마쳤다.

이제 리얼리즘은 새로운 발전의 실마리 위에 서 있다. 그렇다. '발자크'는 이제 오랜 잠에서 깨어나 그 거대한 체구를 이곳에 나타낼 시기에 이르렀다. 셰스토프적인 것, 지드적인 것, 도스토옙스키적인 것, 심지어는 괴테적인 것, 톨스토이적인 것까지도 완강히 거부하며 '발자크'의 웅대하고 치밀한 티끌 하나도 용서하지 않는 가혹한 묘사 정신에 젊은 정열을 의탁할 만한 절호의 시기에 당도한 것이다.

역사의 필연성을 폭로하는 것은 문학의 사명이다. 그렇다면 문학 정신이 작가적 주관을 완전히 버리지는 않을까? 사색을 완전히 잃어버리지는 않을까? 나아가 자기 성찰을 그대로 망각해 버리지는 않을까? — 이러한 거개(擧皆, 거의 대부분. '거의'로 순화)의 외구(畏懼, 무서워하고 두려워함)는 이제 필요 없다. 왜냐하면 '발자크적인 것'은 고발정신의 위에 서 있기 때문이다. 따라서 그것은 크건 작건 '모럴'을 거쳐 왔고, 자기 고발의 과정을 끝마쳤다.

사색은 준비되었다. 그러므로 이제 그것을 관찰하지 않으면 안 된다. 이에 대해 발자크는 1842년 《인간희곡》에서 이렇게 말한 바 있다.

"저 무미건조한 역사라고 불리는 사실의 기록을 읽는 이는 누구나 필자의 실념(失念, 잊음 또는 망각)이 각각의 시대, 애급(埃及, '이집트'의 음역어)과 파사(波斯, '페르시아'의 음역어. 지금의 이란), 희랍('그리스'의 음역어), 라마(羅馬, '로마'의 음역어)의 풍속사를 우리에게 주지 못한 것을 꾸짖지 않을 수 없을 것이다. 근사한 패트로누 로마인의 사생활 기록은 사람을 초조하게만 할 뿐

호기벽심에도 불만을 줄 이상의 것이다."

　"프랑스 사회가 역사가가 되고, 나 자신이 그의 비서로서 근무하는 것으로 충분하였다. 악덕과 선행과의 조사서를 쓰고, 주요한 열정 사실을 수집하고, 성격을 그리고, 사회의 주요 사건을 선택하고, 유형을 동종 성격과 관련되는 특성의 규합으로 구성하고, 그리하여 나는 허다한 역사가가 망실(亡失, 잃어버려 없어짐)한 풍속의 역사 편(篇, 책)을 쌀 수 있었던 것이었다. 많은 견인(堅忍, 굳게 참고 견딤)과 용기를 갖고, 나는 드디어 19세기 프랑스를 중심으로 한 한 권의 책을 완성할 수 있을 것이다."

　자정에 일어나 열여섯 시간 동안 글을 쓴 후 다시 다섯 시간 동안 눈을 붙였다가 백웅(白熊, 흰곰)처럼 벌떡 일어나서 '도박자'처럼 다시 열여덟 시간의 집필. 무녀와 같은 쿠렁쿠렁한 셔츠에 새끼를 동여매고 하루에 사오십 배의 가배(커피)를 마시면서 오십 년의 짧은 생애 동안 그는 백여 권의 소설을 완성하였다. 그의 빈약한 서재의 한 귀퉁이에 세워 놓은 내파륜(奈巴崙, '나폴레옹'의 음역어)의 조상(彫像, 돌이나 나무 따위를 파서 사람이나 동물을 새긴 형상)에는 스스로 다음과 같은 글귀를 장검 위에 새겼었다고 19세기 문학 사조의 저자는 우리에게 전하고 있다.
　"내파륜이 검을 갖고 이루지 못한 것을 나는 붓을 갖고 이룰 것이다."

—김남천, 〈시대와 문학의 정신〉

비평의 기준

　　　　　　제1로 육체적 감동, 제2로 사회적 가치. 이렇게 비평의 기준을 설정해 놓고 자신을 과학적 비평가라고 말하려는 이가 있다. 그러나 이것은 과학적 비평과는 아무런 관계도 없는 것임을 알아야 한다.

　작품에서 오는 육체적 감동이란 그대로 비평이 될 수 없으며, 이것은 멋대로 흐르면 과학적 비평과는 정반대되는 주관적 인상 비평이 되고 만다. 인상 비평의 근거는 특정의 비평가의 특정의 세계관, 교양, 취미이다. 이 개인적인 특성이 육체적 감동이란 것을 이루고 있다. 그러나 이 개인적인 특성은 다른 개인의 특성에 대하여 자기의 합리성, 객관적 타당성을 증명할 수는 없다. 이것을 증명하기에는 별개의 객관적 기준이 또 있어야 할 것이다. 그리고 육체적 감동성이란 시시로 변하는 것이다.

　그 다음 제2의적인 것으로 사회적 가치를 가져오는 것도 문제를 호전하지는 못한다. 원래 사회적 가치란 비평의 기준도 아무것도 아닌 것이다. 이것은 주로 프리체 등의 예술사회학자들의 그릇된 영향인데 이것을 기준으로 내세우는 것은 문학을 이데올로기의 도구로 떨어뜨리는 결과를 낳을 것이다.

기준은 자연과 사회의 객관적인 진리에만 있다. 객관적 진리를 얼마나 정확하게 혹은 왜곡하여 반영하였는가. 이것이 작가와 작품을 결정하는 궁극의 과학적 기준이다. 이러한 객관적 진리를 문학적으로 파악하고 포착하는 마당에서 비로소 세계관, 창작 방법, 기술, 교양, 재능 등이 문제로 되는 것이다. 이 즈음 철학적 언사를 숨어서 극악한 이원론이 횡행하므로 몇 마디 말해두는 바다.

_김남천, 〈비평의 기준〉

비평의
　　　　　　　　　　　　　　　　 존재 이유

　　　　　　　　　　이 글은 어떤 개인 비평가에게 주는 것이 절대
아닙니다. 현재 우리 비평계에 너무 잘못된 것이 많기에, 비평가 전체 나
아가 독자 여러분의 주의를 환기하고자 쓰는 것입니다. 또한, 여기서 말
하는 비평이란 사회비평이나 문명비평이 아닌 창작비평을 말하는 것입
니다.

　　혹 어떤 사람이 "우리나라에도 비평가가 있냐?"라고 물으면, 나는 확
실히 대답하지 못할 것 같습니다. 이 글을 쓰게 된 이유는 바로 거기에 있
습니다.

　　비평이 존재할 이유는 도대체 뭘까요? 그 비평을 받는 작가를 지도하
는 것일까요? 절대 그렇지 않습니다. 만일 여기, 비평으로 말미암아 좌우
되는 작가가 있다면, 그 작가는 자신만의 기준과 특징이 없다고 할 수 있
습니다. 그러니 작가로서 존재할 이유가 없습니다. 확호불변(確乎不變, 아
주 든든하고 굳세게 바뀌지 않음)의 푯대(목표로 삼아 세우는 대)가 있는 작가라면 비록

천만 명이 부르짖더라도 절대 움직이지 않아야 합니다.

비평은 작가를 지도하는 것이 절대 아닙니다. 비평은 민중을 지도하는 것입니다. 감상력이 부족한 민중에게 감상법을 가르치는 것 — 이것이 바로 비평의 역할이요, 비평이 존재하는 이유입니다. 그러므로 비평가는 신중하게 작품에 접근해야 합니다. 그리고 작품의 장단점을 정확하게 파악하여 민중에게 전달해야 합니다.

비평가의 상대가 작가라면 좀 그릇되게 평하는 점이 있더라도, 작가에게는 푯대라는 것이 있기 때문에 괜찮습니다. 하지만 상대가 일반인일 경우—그것도 문예 감상력이 부족한—는 그들의 한마디 한마디가 매우 중요한 역할을 합니다. 사회적 반향을 불러일으킬 수도 있기 때문입니다. 따라서 자동차 운전수 이상의 긴장된 마음으로 비평을 해야 합니다. 그래서 '창작보다 비평이 어렵다'는 말도 있는 것입니다.

비평가는 절대 선입견을 가져선 안 됩니다. 그렇게 되면 공정한 비평을 할 수 없기 때문입니다. 이렇게 말하는 저를 바보라고 할 사람이 있을지도 모릅니다. 하지만 지금 우리나라의 일류 비평가 — 라고 자칭하는 사람—가운데도 선입견으로 가득 찬 사람이 적지 않습니다.

사조 A의 신봉자인 '비평가 갑'이 있다고 합시다. 그리고 사조 B의 신봉자인 '작가 을'이 사조 B를 주제로 한 작품을 발표했다고 합시다. 당연히 비평가 '갑'은 자신의 푯대인 사조가 A라며 B를 배척하고 비평할 것이 틀림없습니다. 과연, 그것이 공정한 비평일까요? 또 자신과 같은 A라고 그것을 칭찬한다면 그것 역시 옳은 일일까요?

주조뿐만이 아닙니다. 작법이든, 묘사법이든 선입견에 사로잡혀서 평하는 것은 공정하지 못한 것입니다.

이전에 모 신문에 다음과 같은 글을 쓴 적이 있습니다.

"비평가에게 '권리'는 없다. 따라서 비평가는 작가에 대해서 어떤 권리와 의무도 갖고 있지 않다. 그러므로 마치 재판관처럼 작가를 낱낱이 파헤쳐선 안 되며, 활동사진의 변사처럼 진실하고 경건한 마음으로 관객과도 같은 민중에게 작품에 관해서 정확히 설명해야 한다."

당연히 이에 대한 반박도 있었습니다. 신성한 문예 비평가를 활동사진의 변사마냥 비하해서는 안 된다는 것이 바로 그것입니다. 하지만 예술 비평가를 무엇엔들 비유하지 못할 이유가 도대체 뭡니까? 똥엔들 비유하지 못할까요?

다시 말하지만, 비평가는 선입견을 가져서는 안 됩니다. 다만, 작품의 조화된 정도 — 다시 말해 작품 속에 작가가 나타내려고 한 의도가 정확하게 나타났는지 나타나지 않았는지 — 또다시 말하자면, 그 작품이 예술적 가치가 있는지 없는지, 이것만 평가해야 합니다. 그렇지 않고 글에 나타난 사상이 자기 마음에 들지 않는다고 해서 악평을 해서는 안 됩니다. 하물며, 작가에 대한 인신공격은 절대 삼가야 합니다. 그것은 죄에 지나지 않기 때문입니다. 곧, 비평가는 작가에 대해서 아무런 권리도 갖고 있지 않음을 절대 잊어서는 안 됩니다.

정말 이런 말은 하기도 싫지만, 비평가는 작가에게 — 좋은 감정이든, 나쁜 감정이든 — 감정을 갖고 비평해서는 안 됩니다. 감정을 가지면 그 비평이 공정하지 못할 테니까요.

이런 일이 있었습니다.

A라는 사람이 《학지광》 편집을 담당하던 때 B라는 사람이 투고를 하였습니다. 그러나 A는 그 글을 가치 없는 것으로 생각하고 책에 싣지 않았습니다. 그러다가 몇 달 후 A가 다른 출판사에서 소설을 냈는데, 이를 본 B는 곧 A의 소설을 비평한 원고를 출판사에 보냈습니다. 그 첫머리에 이런 말이 있었습니다. 다행히 이 부분은 출판사 편집인이 삭제해서 세상에 발표되지 않았다고 합니다.

"이전에 내가 《학지광》에 투고를 했을 때 A가 내 글을 퇴(退, 퇴짜 놓음)하였기에, A는 과연 얼마나 글을 잘 쓰나 하고 그의 소설을 읽어봤더니……"

이런 사적인 감정으로 비평하려는 이가 있으니 한심할 뿐입니다. 또 가까운 예로, 이기세(연극인·신파연극의 주도자로 《빅타사》의 문예부장을 지냄)가 〈현당극담(조선에는 연극이 없다는 것과 신파극은 연극이 아니라는 것을 주장한 현철의 글)〉에 관해서 평한 〈소위 현당극담〉이란 비평이 있습니다. 하지만 이 역시 인신 공격과 자기변명으로 일관한 악평에 지나지 않습니다. 입이 딱 벌어질 뿐입니다. 아는 사람의 작품은 비평할 수 없다고 합니다. 이는 얼마간 양보한다는 뜻도 있지만, 아는 사람의 작품을 비평하면 작품에 대한 비평보다는 작가에 대한 평이 섞이기 때문에 조심해야 한다는 뜻입니다.

비평가로서 어떤 작품을 비평하려면, 그 작품의 작가와 같은 감정 아래 자신을 두고, 그 작품을 보지 않으면 안 됩니다. 나아가 이는 보는 것이 아닌 관찰하는 것이어야 합니다.

'觀者不見'이라는 말이 있습니다. 그 말처럼 보는 것만 가지고는 절대 비평을 할 수 없습니다. 마음의 눈으로 봐야 합니다. 그런데 비평가 대부분은 작품을 본 감상문을 평(評)이라고 합니다. 작품에 대한 감상과 평가는 엄연히 구별해야 합니다. 감상에는 자신의 의견이 존재할 여지가 있지만, 평에는 절대 자신의 의견이 존재하지 않기 때문입니다.

"이러저러하니, 이 작품은 글렀다."

이는 내리찍는 비평이지 절대 의견이 아닙니다. '만인이 수긍할 의견'이 평이요, 자기 한 사람의 의견은 의견에 지나지 않습니다.

이런 평범한 글을 쓴다며 흉을 볼 사람도 있겠지만, 이런 평범한 일도 모르는 사람이 많은지라 한낱 자극이라도 될까 싶어서 한번 써봤습니다.

_김동인, 〈비평에 대하여〉

문학을 버리고
문화를 상상할 수 없다

　　　　　　　　　　도야지(돼지)가 아니었다는 데서 비극은 출발한다. 인생은 인생이라는 그만한 이유로 이미 판토폰(Pantopon, 아편을 정제하여 그 알칼로이드를 염산염으로 만든 진통제 및 기침약. 내복 또는 주사용으로 쓰인다) 3g의 정맥주사를 처방받아 있는 것이다. 피테칸트로푸스(Pithecanthropus, 19세기 말 자바섬 트리닐 부근에서 발견된 화석 인류)의 너덧 조각되는 골편(骨片, 뼛조각)에서 위선 풍우(風雨, 비바람) 때문에 혹은 적의 내습(來襲, 습격)에서 가졌을 음삼(陰森, 나무가 우거져 어두움)한 염세 사상 제1호를 엿볼 수 있고, 그것이 점점 커짐으로 인해 인류가 자살할 줄 알기까지 타락되고, 진보되고 하여 지상에서 맨 처음 이것이 결행된 날짜가 전설에 불명(不明, 분명하지 않음)하되, 인간이라는 관념이 서고부터 빈대 혈흔 점점(點點, 점을 찍은 듯이 여기저기 흩어져 있는 모양)한 담벼락에 기대어 앉아서 요한 슈트라우스 옹의 육성을 듣게까지 된 데 있는 우리끼리 고자질하는 유상무상(有像無像, 별의별 사람)의 온갖 괴로움이야말로 아담과 이브가 저지른 과실에서부터 세습이 시작된 영겁

(永劫, 극히 긴 세월) 말대(末代, 말세)의 낙형(烙刑, 단근질. 즉, 불에 달군 쇠로 몸을 지지는 형벌)이지 이 향토만이 향토라고 해서 받는 원죄인 것처럼 탄식할 것이 되느냐.

*

그러나 이 향토는 이 향토이기 때문인 이유만으로 해서 초근목피(草根木皮, '풀뿌리와 나무껍질'이라는 뜻으로, 양식이 부족할 때 먹는 험한 음식을 비유적으로 이르는 말)로 목숨을 잇는 너무도 끔찍끔찍한 이 성가신 많은 식구를 가졌다. 또 그 응접실에 걸어 놓고 싶은 한 장 그림을 사되 한 꿰미(물건을 꿰는 데 쓰는 노끈이나 꼬챙이) 맛있는 꼴뚜기를 흠뻑 에누리 끝에야 사듯이 그렇게 점잖을 수 있는 몇 되지도 않는 일가도 가졌다. 이어 중간에서, 그중에도 제일 허름한 공첨(空籤, 당첨되지 않은 제비)을 하나 뽑아 들고 어름어름(말이나 행동을 분명히 하지 않고 자꾸 주춤거리는 모양)하는 축이 이 향토에 태어난 작가다. 카인(《구약성서》에서 아담과 이브의 맏아들로 동생 아벨을 죽임) 말예(末裔, 먼 후손)의 죄업(罪業)에, 문학 때문에 가져야 하는 후천적인 듯도 싶어 보이는 숙명에 가하여 이 향토에 태어났대서 안 뽑을 수 없는 공첨 딱지를 몸에 붙이고, 이 향토의 작가는 그럼 누구에게 문학을, 그의 작품을 떠맡길 수 있느냐. 작가는 대체 초근목피 편이냐, 응접실 편이냐.

재능 없는 예술가가 제 빈고(貧苦, 가난하고 고생스러움)를 이용해 먹는다는 콕토(Jean Cocteau, 프랑스의 시인이자 소설가)의 한마디 말은 말기 자연주의 문학을 업신여긴 듯도 싶으나, 그렇다고 해서 성서를 팔아서 파리를 사도 칭찬받던 그런 치외법권성(治外法權性)은 은전(恩典, 나라에서 은혜를 베풀던 특전)을 얻어 입기도 이제 와서는 다 틀려버린 것이 오늘의 형편이다. 맑스주의(Marxism, 마르크스주의) 문학이 문학 본래의 정신에 비추어 허다한 오류를 지적받게 되었다고는 할지라도 오늘의 작가는 누구나 그 공갈(恐喝)적, 폭풍우적 경험은 큰 시련이었으며, 교사(教唆, 남을 꾀거나 부추기어 못된 짓을 하게 함) 얻은 바가 많았던 것이 사실이다. 성서를 팔아서 고기를 사 먹고 양말을 사는데 주저하지 아니할 줄 알게까지 된 오늘 이 향토의 작가가 작가 노릇 외에 아무것도 하는 일 없이 혹은 하려고 해도 할 수 없다고 해서 작품 — 작가 내면생활의 고갈과 문단 부진을 오직 작가 자신의 빈곤과 고민만으로 트집잡을 수 있을까.

한편은 조밥과 이밥의 맛은 똑같다는 지식에 있어 훨씬 더 확실성이 있겠고, 한편은 돈내기 마작과 무역상 경영에 관한 일화에 구미가 훨씬 더 당길 것이니, 이것은 한 편의 창작에 감격하는 버릇보다도, 적자를 내기 쉬운 출판 사업보다도 훨씬 더 진실한 취미일 것이고, 그 버릇을 못 고친다고 해서 작가가 이편저편 할 것 없이 섣불리 설유(說論, 말로 타이름)를 하려 들거나 업신여기려 들었다가는 그것이야말로 어둡기가 한량없는 일이다. 자칫하면 작가를 세상일을 너무 모르는 사람 혹은 제일 게을러빠진 사람으로 돌리게 되는 수가, 그래서 있는 것이 아닌가.

한 편의 서정시가 서로 달착지근하면서 사탕의 분자식 연구만 못 해 보일 적이 꽤 많으니 이것은 엊저녁을 굶은 비애와 동신주(東新株, 주식회사도쿄 취인소 신주권) 폭락 때문인 낙담과 아리시마 다케오(有島武郎, 일본의 소설가)의 《우마레이즈루나야미》와 한 작가의 궁상스러운 신변잡사와 이런 것들의 경중을 무슨 천칭(天秤, 저울)으로도 논하기 어려운 것이나 흡사한 일이다. 문화를 담당하는 직책이 제각각 달라서 그런 것이니까 《서부전선 이상 없다》만큼 팔리지 않는 창작집을 좀 출판해 달라고 조르지도 말고 '밥부터 주'하는 촌락에 문예 강좌를 열지도 말고 — 그럼 작가는 자신의 빈고(貧苦, 가난으로 인해 겪는 고생) 또는 이런 갖가지 실망으로 인해서 문학 비관에서 문학을 그만두겠다는 생각까지를 결국은 일으키게 되는 것일까.

문학이 사회에 앞서는지, 같이 걷는 것인지, 뒤떨어져 따라가는지 그 것은 여하간(如何間, 어찌하든지 간에)에 문학이 없어진 사회 문화를 상상하기는 어렵다. 문학을 믿는 작가는 그 불리(不利, 이롭지 아니함) 아래 모파상이 잡지 일을 할 적에 감언이설로 투르게네프를 꼬여서 《악령》의 원고를 얻어 싣고는 뒷구멍으로 막 욕을 하였다는 가십이 주는 풍부한 암시에도 비춰 순대 장사를 하면서, 문예 기자로 지내면서, 외교관 노릇을 하면서 묵묵히, 대담히 영영(營營, 명예나 이익을 얻기 위해 몹시 아득바득하게 지냄)히 있을 것이다. 즉, 손(손님)이 몸소 잡수실 고추장을 누구에게 가서 얻어오라 하는 것이다.

누구에게 읽히느냐. 언제 무슨 힘으로 작품을 내어놓겠느냐. 그러나 문학 본래의 임무는 좀 더 욕심이 큰 것이리라 믿는다. 순대를 팔아도, 팔아도 오히려 빈고에서 면치 못하였다거나 그 짓이나마 하려야 할 수도 없다거나 하는 데서 오는 가지가지 문제는 저절로 별다른 일에 속한 것이며, 작가는 작가 된 자격에서 마땅히 하여야 할 궁리가 또 있을 것이다. 이래도 견딜 수 있었느냐 하는 것이 가장 진실하고 행동적인 문학의 도(徒, 무리)의 최후의 시금석(試金石, 어떤 사물의 가치나 어떤 사람의 역량을 판단하는 기준이 될 만한 것을 비유적으로 이르는 말)이 힘든 짓을 해내자니 성서는 벌써 다 살 코기로 바꾸었을 것이다. 이래서 지상 어떠한 위치에서도 건전한 문학이 있는 로맨틱하지 아니한 진정한 작가의 모양을 발견할 수 있게 될 것이로되, 이러한 우답 우문이 이 향토인데도 과연 쉽사리 수긍될 수 있을는지.

_이 상, 〈문학을 버리고 문화를 상상할 수 없다〉

좋은 수필이란
무엇인가

몇 해 전 어느 문예 잡지 좌담회에서 수필에 관한 이야기를 나눈 적이 있다. 비록 자세히 기억할 수는 없지만, 그날 이야기의 초점은 아마 수필 역시 다른 문학, 이를테면 시나 소설처럼 하나의 독립된 '장르'로 취급해야 한다는 것이었다. 이런 논의를 하게 된 것은 수필을 쓰는 사람들이 점점 많아짐에 따라 어느 정도 이를 논할 필요가 있었기 때문이다. 그런데 당시로부터 벌써 5,6년의 세월이 흘렀고, 이즈음에 와서 잡지는 물론 신문에까지 수필이 여간 많이 실리고 있는 게 아니다. 그뿐만 아니라 그때에 비하면 그 성질 역시 꽤 변하였고, 노산(鷺山, 시조작가이자 사학자인 이은상의 호) 같은 이는 단행본 ─ 만일 기행문도 수필에 포함한다면 ─ 까지 서너 편 출간한 바 있다. 그러나 이런 현상만을 갖고 수필이 새로운 지보(地步, 자기가 처해 있는 지위 · 입장 · 위치)를 요구할 만큼 성장했다든가, 수필을 논하는 게 이미 불가결의 과제가 된 것은 아니다.

그렇다면, 수필이란 과연 무엇일까. '곧 이것이다'라고 즉석에서 집어 보일만 한 뭔가를 갖고 있지 못한 것이 수필의 가장 큰 특징이 아닌가 한다. 또한, 항용(恒用, 흔히 늘) 일기체의 문장이나 서한체의 글, 또는 기행, 하다못해 제목이 없는 단편까지도 모두 수필이라고 부를 수 있다. 그리고 그런 문장들을 통틀어서 볼 수 있는 공통된 특징이 있는데, 이는 어떤 특정한 '장르'로서의 '스타일'의 규범을 받지 않고, 혹은 완성을 목적으로 하지 않고 비교적 자유롭게 제 생각이나 사물에 관한 이야기를 기술한다는 것이다. 그러면서도 논문이나 일반 저술과는 달리, 어딘지 모르게 문학적인 성격을 갖추고 있다. 따라서 '장르'로서의 문학과 논문, 저술의 중간에 수필이 자리하고 있다고 할 수 있다.

여기서 말하는 논문이나 저술은 과학적인 개념의 구사나 논리적 조작에 의한 분석 및 종합 혹은 부단한 체계화에 의한 노력으로 이루어진 글을 말한다. 하지만 수필은 분석이나 체계화의 의도와 관계없이 수시(隨時, 일정하게 정하여 놓은 때 없이 그때그때 상황에 따름), **수처**(隨處, 장소에 상관없이 어디에서나)에서 쓰는 것으로 그 '스타일'에 있어서도 논리적 조작의 기술을 필요로 하지 않는다. 또한, 소설이나 시, 희곡 등의 소위 '장르'로서의 문학처럼 (등장인물의) 성격이나 사건, 줄거리 및 그들이 서로 얽히고설킨 '고유한 구조'의 규범을 갖출 필요도 없다. 고유한 구조! '장르'로서의 문학은 제각기 저만의 구조 법칙을 갖고 있다. 예컨대, 드라마와 시, 소설은 동일한 대상을 취급하지만 구조의 각이성(各異性, 차이점)으로 인해 독자적 영역으로 나뉘어 있다.

그렇다면 문학으로서의 고유한 구조도 없고, 논문이나 저작처럼 개념이나 범주도 없음에도 불구하고, 수필이 우리를 매료시키는 이유는 과연 뭘까.

하나의 규범으로서의 특성을 찾기 어렵다는 것이 가장 큰 특징이다. 이는 수필이 논문처럼 논리적 조작의 기술을 필요로 하지 않는다는 것과 '장르'로서의 문학처럼 고유한 구조를 갖지 않는 데서 기인하는 것이다. 하지만 사물이나 생각을 형상화(形象化, 어떤 사물이나 현상을 문학이나 그림 등에 반영하는 일)한다는 점에서 과학이나 논문과는 다르다. 그리고 이는 수필과 문학이 떼려야 뗄 수 없는 관계를 맺고 있는 이유이기도 하다. 다시 말하면, 형식에 있어서 수필은 과학이나 논문이 아닌 소설 및 시, 희곡에 매우 가깝다. 그런 점에서 수필은 고유한 구조를 갖지 않는 문학, 바꿔 말하면 '장르'로서의 문학 이외에 존재 가능한 문학의 한 양식이라고 할 수 있다.

수필이 문학의 한 장르로 인정받으려면 불가불 갖지 않을 수 없는 '장르', 즉 소설, 시, 희곡 등의 고유한 구조를 갖지 않은 어떤 종류의 문학으로 인정해야 하느냐는 것이 하나의 문제가 될 수 있다. 하기야 '시나리오' 같은 것도 최근에 와서는 콘티뉴티(Continuity, 촬영 대본)와 구별하여 시나리오 문학 (즉, 새로운 장르로서)으로 정립하려는 경향이 있다. 하지만 시나리오가 문학 장르로서 독립할 수 없는 이유가 있다. 바로 희곡과 많은 공통성을 갖고 있기 때문이다. 그러나 시나리오나 희곡은 소설이나 시처럼 스스로 사건을 전개해 나갈 수 있는 기능과 수단을 갖고 있지 않다.

시나리오와 희곡은 극장과 필름이라는 수단에 의해서만 실현될 수 있기 때문이다. 다시 말하면 시나리오는 희곡과 비슷한 고유한 구조를 갖고 있으며 장르로서 확립될 수도 있다. 하지만 수필은 문학이라고 할지라도 어떤 장르에도 편입될 수 없고, 장르로서의 문학으로도 인정받을 수 없다. 이것이 바로 지금까지 수필이 문학의 여러 장르와 더불어 문학적 저술의 일종으로 존속해 내려왔음에도 불구하고, 단 한 번도 한 시대의 문학으로서 확고한 주류를 이루지 못한 이유이자, 많은 사람이 수필을 완전한 의미의 문학으로 받아들이지 않는 이유이다.

그렇다면 수필은 (불완전하긴 하지만) 어떻게 해서 문학으로 인정받게 된 것일까? 완전하건, 불완전하건, 문학으로 인정받기 위해서는 '장르'로서의 특징과 구조의 규범을 형성하지 않으면 안 된다. 하지만 문학과 비문학을 구별하는 특징이 '장르'와 '구조'만 있는 것은 아니다. 그것은 문학의 형식적인 측면에 불과하기 때문이다.

요점은 내용, 즉 사상에 있다. 다시 말하면 문학이 다른 비문학, 이를테면 과학과 구별되는 가장 큰 특징은 사상이라고 할 수 있다. 그렇다면 과학의 사상과 문학의 사상이 근본적으로 다르냐? 고 물을 수 있다. 물론 그런 것은 아니다. 사상의 형성과 파악 방법만 서로 다를 뿐이다.

문학은 사상을 형상의 직관으로서 파악하고, 형상의 윤리로서 형성해 간다. 또한, 문학에 있어 논리는 그것이 매우 중용(重用, 중요하게 쓰임)되는 것일지라도 윤리에 종속되는 것이며, 모든 논리적인 것 역시 형상적인 것으로 번역됨이 마땅하다. 하지만 비문학은 그 순서가 완전히 다르다. 여하히 (의견·성질·형편·상태 따위가 어쩌 되어 있게) 윤리나 형상성이 농후하다고 할지라도 그것은 어디까지나 논리와 체계에 종속되고 또한 종속된 전자(前者)로 번역되어야만 한다. 그러므로 비문학이 냉혈한 객관자라면, 문학은 피가 흐르는 주관자라고 할 수 있다. 이것이 바로 문학을 주관의 표현이라고 하고, 비문학을 객관의 인식이라고 하는 속설과 문학만을 정서의 문자라고 생각하는 치졸한 견해의 근거다. 하지만 논리의 객관성과 윤리의 주관성은 진실을 표현하는 서로 다른 형식에 불과하다.

과학적 진리에 관한 인간적, 윤리적 진실! 이 사소한 차이를 통해 우리는 문학과 과학을 이야기하는 것이다. 개념이 논리를 통해 진리로 끝맺는다면, 형상은 생활을 통해 윤리를 전개하는 것이다. 여기서 말하는 윤리란 '모럴'이란 외국어를 말하는 것이다.

다시 말하자면, 수필이 문학이 될 수밖에 없는 이유를 생각할 때 이 '모럴'의 중대함을 생각하지 않을 수 없다. 또한 그 형식이 비문학적(즉, 문학적인 불완전성!)임에도 불구하고, 사상으로서 '모럴'적이기 때문에 문학으로 인정받을 수밖에 없다. 예컨대, 작가 '몽테뉴(Michel Eyquem de Montaigne, 프랑스의 철학자)'는 세상을 논리의 껍질을 쓰지 않고 살아가는 인간으로서 '에세이'에 관해서 이야기한 바 있다. 이런 의미에서 수필은 체계나 방식에 따라 무엇을 교설(敎說, 가르치고 설명함)하는 것이 아니라 사색과 생활의 진술함을 담은 개성적인 기록이라고 할 수 있다. 이는 일신상의 각도에서 모든 것이 이야기되기 때문으로, 수필이 문학이기 때문에 생기는 수필만의 고유한 특징이라고 할 수 있다. 하지만 다 같이 사상을 모럴로서 표현하는 데도 수필과 장르로서의 문학은 매우 큰 차이가 있다.

수필이 모럴리티(morality, 도덕성)를 갖는 것은 작가가 직접 사물을 보고 이야기하기 때문이다. 이때 필자의 모럴은 대부분 일인칭으로 표현된다. 즉, 형상은 필자 자신인 것이다. 하지만 장르로서의 문학은 이와 다르다. 본래(예외도 적지 않지만) 작가가 자신의 삶을 노골적으로 표현하지도 않을 뿐만 아니라 작품을 구성하고 있는 개개의 형상과 그것이 서로 관계하는 형상을 통해 간접적으로 모럴을 표현하기 때문이다. 여기에 형상의 독립성이 있고, 독자는 이 형상과 그들의 관계를 아는 것만으로도 충분하다. 즉, 작가 자신의 개성에서 벗어남으로써 개성이 표현된다.

여기에 수필의 또 다른 특징이 있다. 즉, 수필은 형상이나 구조의 도움을 받지 않고 직접 일상의 현실을 그대로 가지고 모럴리티를 표현하지 않으면 안 된다. 다시 말하면, 가장 비시적(非詩的)이고, 가장 산문적인 예술이 바로 수필이다. 요컨대, 수필은 사소하고 우스운 일상사를 통해 심원(深遠, 헤아리기 어려울 만큼 깊은)한 세계를 표현할 수 있어야 한다. 이는 문학의 표현에 있어 가장 어려운 것 중 하나로, 이를 통해 우리는 수필이 매우 쉬운 문학적 표현 양식이라고 생각하는 속견(俗見, 세속적이고 통속적인 생각)에서 벗어날 수 있다. 따라서 정말 좋은 수필은 시시하고 지루한 일상의 사소사(些少事, 아주 작은 일)를 사상의 높이까지 고양하고, 거목의 잎사귀 하나

하나가 강하고 신선한 생명을 간직하듯, 일상사가 작가가 가진 높은 사상과 순량한(순하고 선량한) 모럴리티의 충만한 표현으로서의 가치를 품고 있어야 한다. 여기에서 교묘한 수필과 훌륭한 수필이 구별된다.

어쩌면 교묘한 수필일수록 일상사를 찬찬히 잘 기술할 수 있다. 하지만 사상의 깊이 없이는 그 무엇도 훌륭한 수필이 될 수 없다. 이는 작가의 사상이 도그마(dogma, 독단적인 신념이나 학설)에서 교양으로 혈육(血肉, 피와 살) 속에서 용해되고, 교양은 그 사람의 모든 생활과 감정의 세세한 부분까지 삼투(액체 따위가 밖에서 안으로 스며듦)하고, 그것이 그의 생활 전부를 통해 여유 있고 자유로운 하나의 인성(人性, 사람의 성품)으로서의 모럴로 작용할 때라야 비로소 가능하다.

과학자의 수필을 예로 들자면, 그 사람 자신이 연구하는 과학의 방법을 그대로 척도 삼아 현실을 맞춰간다면 수필의 가치는 제로다. 과학이 작가 개인의 한 인성으로 생활세계의 모든 것을 개성적으로 분별하는 자유로운 모럴로서 원숙 될 때, 그의 붓끝은 하잘것없는 일상세계를 다른 사람이 보지 못하는 신선한 시각에서 보게 된다. 즉, 그 사람이 아니고는 보지 못할 새로움을 독자에게 전달해야 한다.

그러므로 수필이란, 과학이나 사상의 견고함이나 체계의 정연함으로 일상세계를 처리한 데서 생기는 문학적 미감(美感, 아름다움에 대한 느낌. 또는 아름다운 느낌)이 아닌 그 사상이나 과학이 진실로 개인의 것으로 용해되었을 때 비로소 하나의 아름다운 문학이 될 수 있다. 즉, 수필의 미(美)는 한 개인의 자유로운 정신활동이 불러오는 문학적 소산이라고 할 수 있다. 따라서 사상이 개성의 모럴이란 세계까지 이르지 못하면 결코 좋은 수필을 쓸수 없다.

때때로 우리는 수필이랍시고 말도 안 되는 소리를 지껄이는 작가의 글을 보곤 한다. 문제는 그 작가가 쓴 다른 작품(예를 들면, 소설이나 시)은 그 정도로 수준이 낮지 않다는 것이다. 물론 작가가 기교적인 면에서 수필에 능하지 못할 수도 있다. 하지만 그 원인은 다른 데 있다. 작가의 사상이 미숙하기 때문이다.

작가에게 있어서 작품이란 자기 생각을 그대로 표현하는 도구라고 할 수 있다. 그것은 일상의 시시하고 작은 일을 제 사상을 통해 찬연한 생명을 불어넣는 일이기도 하다. 사실 사물을 작품을 통해 사상으로 여과해 내는 것은 절대 쉬운 일이 아니다. 하지만 작품의 구조나 성격 형성의 원리 등은 이미 만들어져 있는 것으로 작가의 수고를 덜어주는 측면이 있다. 바꿔 말하면, 개인의 방법을 가지고 제 생각을 이야기하는 것, 혹은 보다 더 널리 쓰는 규범으로 제 생각을 표현해 가기 때문에 사상의 도그마로서 생경미(生硬味, 세련되지 못하고 어설픔)가 가려질 수도 있는 것이다. 물론 이는 최고 수준의 작품에 적용될 이야기는 아니다. 하지만 작품 구조상 언제든지 나타날 수 있다.

구조(構造)—그것은 형식의 법칙성과 합리성을 뜻한다. 그러나 수필은 구조를 갖고 있지 않기 때문에 형식에 있어서 어떤 법칙이나 합리성 역시 존재하지 않는다. 따라서 타인이 만들어 놓은 어떤 규범을 이용해 사물에 제 생각을 접목할 수 없다.

수필은 그 어떤 매개물 없이 현실과 사상을 직접 융합해야 한다. 이로 말미암아 실로 미미하고 사소하기 그지없는 일상사가 개성적인 힘을 입을 뿐만 아니라 엄청난 가치를 발휘할 수도 있다. 하지만 이는 사상이 도그마로서가 아니라 개인의 모든 부면(部面, 어떤 대상을 나누거나 분류하여 이루어진 몇 개의 부분이나 측면 가운데 어느 하나)에 침투하고 정서와 감정이 충만했을 때, 다시 말하면 원만한 교양으로 그 사람의 삶에 용해되었을 때라야만 비로소 가능한 일이다. 사상이란 이런 것이다. 즉, 개인의 자유로운 정신이 모럴로서 정착되었을 때 비로소 견고하고 영구히 살 수 있다. 이는 사상이 현실 속에 굳건하게 발붙이고 있음을 의미하는 것이기도 하다. 한 개인에게 있어 사상과 현실과의 통일과 조화란 바로 이런 좋은 모럴의 형성이다.

그런 까닭에 수필은 좋은 생각만으로 써지는 것이 절대 아니다. 명철한 관찰안(觀察眼, 사물을 바라보는 눈)이 있어야 하며, 좋은 사상 역시 필요하다. 과거 경향문학(傾向文學, 순수한 창작 의욕과 예술성보다는 일정한 정치적·사상적 경향으로 기울어져 대중을 그와 같은 방향으로 계몽하고 유도하고자 하는 목적을 지닌 문학) 수필이 명철한 눈을 채 갖지 못한 사상의 언어였다면, 순문학(純文學, 문학의 비순수성을 배제하고 순수성을 지키며 추구하는 문학) 수필은 눈으로 쓴 글일 뿐 마음으로 쓴 글은 아니었다고 할 수 있다. 마음과 눈의 조화, 높은 정도의 융합이 없는 데서 좋은 수필을 기대할 수는 없다. 이것이 우리 수필의 특징이 아닐까?

교양은 사회적으로는 풍속으로 표현되고, 개인에 있어서는 취미로 나타난다. 이에 우리 문단의 수필을 다시 이런 시각에 비춰볼 때, 경향문학자들의 수필이 아직 취미까지 미치지 못한 생경한 관념의 조작이었다면, 순문학자들의 수필은 취미만의 (사상으로서의 핵심이 없는) 술회였다고 할 수 있다. 그러므로 그들의 취미란 근대화 되지 않은, 즉 현대 정신을 통해 현대 문화로서의 교양이 된 현대적 취미가 아닌 전대의 소위 동양적 취미라고 할 수 있다. 논문이나 소설에서는 제법 현대인에 속하면서도 수필만 쓰면 의례(依例, 전례에 의함) 동양적인 취미를 발휘하는 사람이 적지 않은 이유 역시 바로 이 때문이다.

　이 밖에도 여러 종류의 수필이 있지 않으냐? 라고 할지 모른다. 하지만 그것들을 모두 수필로 논하기에는 위에서 말한 종류의 글과 견주어 민망한 것이 대부분이다. 따라서 현대적 의미의 사상 (개인에 있어서는 교양)과 취미의 조화가 생기기 전에는 우리나라에서 좋은 수필을 읽기란 어려울 것이라는 게 이 글의 결론이 아닌가 한다.

_임 화, 《수필론》

시의 소재에
대하여

　　　　시에 관한 과제를 찾자면 여러 가지가 있을 줄 안다. 우선, 시를 어떻게 쓸 것이냐는 것이 있을 것이다. 그러나 나는 오늘 여기서 시의 소재에 관해서 말하고자 한다. 어떻게 하면 시를 좀 더 색다르게 쓸 수 있을까? 어떻게 하면 시어(詩語)를 좀 더 맑고 아름답게 고칠 수 있을까? 하는 것보다 무엇을 쓸까, 시인은 과연 무엇을 노래해야 될 것인지에 관해 알아보고자 하는 것이다.

　본론에 앞서 잠깐 밝혀 놓고 지나가야 할 것이 있다. 시인이란 직업에 대한 일반 개념의 시정(是正, 잘못을 바로잡음)이 바로 그것이다.

　시인이란, 한가한 가운데서 시를 여기(餘技, 전문으로 하는 것이 아닌 취미로 하는 기술이나 재간)로 삼는 사람도 아니고, 별유천지(別有天地, 별세계)에 꿈을 꾸는 사람도 아니다. 당나라 시인 이태백(李太白)이 시를 쓰던 시절이나 지금이나, 시인은 결코 특별집단에서 호흡하는 별난 사람이 아니다. 더욱이 상아탑에서 나온 지는 이미 오래다. 그러니 시란 특별한 지식층의 사치품도 아니요, 여기는 더더욱 아니다.

시인은 마치 기계를 제작하는 직공과도 같으며, 직조 공장에서 비단을 짜는 여공과도 같다. 따라서 인류 사회에서 시를 짓는 하나의 직공으로 봐도 무방하다. 그러므로 시인이 시를 쓴다는 것은 결코 여기나 취미가 아닌 인생에 대한 준엄한 의무라고 할 수 있다. 구두 닦는 소년이 손이 오리발처럼 얼었음에도 영화 15도의 혹한을 극복하며 결사적으로 구두를 닦아 내듯이, 시장기를 참아 가며, 때로는 가슴이 꽁꽁 어는 고독한 환경에서도 시를 쓰지 않으면 안 되는 것이 오늘의 시인의 임무이다.

그 어느 시대를 막론하고 시인은 국민의 맨 앞에 서서 횃불을 든 채 민족이 나아갈 바, 즉 옳은 방향을 지시하는 예언자 역할을 하였다. 하물며, 그 나라와 민족이 평화를 누리는 시대에도 그렇거늘, 민족에게 그 어떤 무거운 운명이 드리워지고, 불의와 탁한 기운에 사로잡혀 있다면, 군중들이 발밑이 어두워 헛디디는 일이 없도록 횃불을 높이 들어줘야 하며, 끊임없이 희망과 격려를 불어넣어 줘야 한다.

자연 발생적인 영감(靈感, 신령스러운 느낌이나 예감)이나 시신(詩神, 시를 관장하는 신)으로부터 시를 받아 오던 때는 이미 지났다. 그러므로 이제 시인은 소재를 찾기 위해 현실 속으로 과감히 뛰어들지 않으면 안 된다. 현실로부터 눈을 감고 나비처럼 피해선 안 된다. 어디까지나 군중 속으로, 시민 속으로, 현실 속으로 들어가야만 한다. 그래서 골목 안 아주머니의 하찮은 넋두리에도 귀를 기울이고, 악머구리(잘 우는 개구리라는 뜻으로, '참개구리'를 이르는 말) 끓듯 하는 저 자유시장 상인들의 비명 역시 들어봐야 하며, 때로는 정치가의 호화로움 속에 무겁게 자리한 고독한 얘기에도 귀를 빌려줄 필요가 있다. 그리고 그들의 고민과 의욕을 시를 통해 표현해줘야 한다. 그런 점에서 시인은 귀족들을 위한 아름다운 시 역시 아끼지 않아야 한다. 하지만 그보다는 서민들 속에 뿌리를 내려야 한다. 그런 시의 지반(地盤, 일을 이루는 근거나 기초가 될 만한 바탕)이야말로 녹음이 우거진 시의 새 영토이기 때문이다.

20세기 말, 이 난숙한 근대 문명의 고갯마루에서 인간으로부터 출발한 근대 문명이 이미 인간을 무시할 지경에 이르렀다. 이에 더는 이런 메커니즘 속에서 이태백처럼 현실 도피적인 시를 쓸 수는 없다.

시가 특별한 지식층의 사치품처럼 여겨지던 시대, 시인은 시의 소재를 찾기 위해 동자(童子, 어린 사내아이)에게 필낭(筆囊, 붓을 넣어 차고 다니는 주머니)을 메게 한 후 노새 위에 올라 명산대천을 찾아 떠났지만, 오늘의 시인은 저 남산 밑 월남동포(越南同胞, 해방 또는 6·25 후 남한으로 내려온 사람들)들의 판잣집이나 영천산 꼭대기에 친 천막집 주변에 가서 시의 소재를 찾아야 한다.

오늘의 현실은 시인들이 구름을 노래하고 꽃이나 어루만지고 있는 것을 허락하지 않는다. 그보다는 우리의 노래, 민족의 노래를 불러야 한다. 장편소설을 쓰는 작가가 현지답사를 하는 것처럼, 시인은 자연(紫烟, 담배 연기)이 자욱해 눈을 뜰 수 없는 거리의 다방에서 일어나 새로운 시의 소재를 찾아 현지답사를 떠나야 한다. 밖에서는 여물을 먹고 있는 소의 입에 고드름이 달릴 지경인데, 방 안에서 시인이 생각하고 있는 바깥이란 도저히 맞지 않기 때문이다. 따라서 좀 더 절박한 현실을 응시하고 풍자

하면서 생활의 가능을 발견해야 한다.

다방의 자욱한 연기 속에 시인이 파묻혀 있는 한 건전하고 아름다운 시는 나오기 힘들다. 해방 후 홍수처럼 많은 시집이 쏟아져 나오고, 수많은 시인이 급조되었건만, 새롭고 좋은 시를 발견하기란 여간 힘든 것이 아니었다. 그러다 보니 차라리 소월의 시집《진달래꽃》을 끼고 다니며 '나 보기가 역겨워 가실 때는 말없이 고이 보내 드리오리다'를 줄줄 외우며 다니는 게 나았다.

시인은 오늘 불러야 할 시의 소재가 뒹굴고 있는 청계천 다리 밑이며, 성 언저리의 빈민굴, 부랑아 수용소의 주변을 답사하고, 쓰레기통을 헤쳐 거기서 아름다운 장미를 피워야 한다. 그것이 오늘 한국 시인들의 노래가 되어야 한다. 쓰레기통보다 더 추한 것이라도 상관없다. 요(要, 중요하다고 생각되는 골자. 또는 요점이나 요지)는 이 추한 소재를 시인이 아름답게 처리하는 데 달려 있기 때문이다.

_노천명, 〈시의 소재에 대하여〉

박용철

잡지 《시문학》을 창간한 시인. 대표작으로 〈떠나가는 배〉, 〈밤 기차에 그대를 보내고〉 등이 있으며, 다
수의 시와 희곡을 번역하였다. 비평가로서 활약하기도 하였다. 계급문학의 이데올로기와 모더니즘의
경박한 기교에 반발하며 문학의 순수성 추구를 표방했다.

김영랑

〈모란이 피기까지는〉의 시인. 잘 다듬어진 언어로 섬세하고 영롱한 서정을 노래하며 정지용의 감각
적인 기교, 김기림의 주지주의적 경향과는 달리 순수서정시의 새로운 경지를 개척하였다. 1935년 첫
번째 시집 《영랑시집》을 발표하였다.

김동인

간결하고 현대적 문체로 문장 혁신에 공헌한 소설가. 최초의 문학동인지 《창조》를 발간하였다. 사실
주의적 수법을 사용하였고, 예술지상주의를 표방하며 순수문학 운동을 벌였다. 주요 작품으로 〈배따
라기〉, 〈감자〉, 〈광염 소나타〉 등이 있다.

심 훈

농촌계몽소설 《상록수》를 쓴 소설가 겸 영화인. 대학 중퇴 후 동아일보사에 입사하여 기자 생활을 하
면서 시와 소설을 쓰기 시작했다. 특히 《상록수》는 브나로드 운동을 남녀 주인공의 숭고한 애정을 통
해 묘사한 작품으로 지금도 널리 읽히고 있다. 대표작으로 소설 〈상록수〉와 시 〈그날이 오면〉이 있다.

채만식

민족이 처한 현실을 풍자적이고 해학적으로 표현해 풍자소설의 대가로 불린다. 계급적 관념의 현
실 인식 감각과 전래의 구전문학 형식을 오늘에 되살리는 특유한 진술 형식을 창조했다. 주요 작
품으로 단편 〈레디메이드 인생〉과 〈태평천하〉를 비롯해 장편 《탁류》 등이 있다.

계용묵

단편 〈상환〉을 《조선문단》에 발표하면서 문단에 등장했다. 〈최서방〉, 〈인두지주〉 등 현실적이고 경
향적인 작품을 발표했으나 이후 약 10여 년 간 절필하였다. 《조선문단》에 인간의 애욕과 물욕을 그
린 〈백치 아다다〉를 발표하면서부터 순수문학을 지향하는 일관된 작품 경향을 유지했다.

김남천

카프 해소파의 주도적 역할을 하였고 사회주의 리얼리즘 논쟁에 대해서 러시아의 현실과는 다른 한
국의 특수상황에 대한 고찰을 꾀해 모럴론 · 고발문학론 · 관찰문학론 및 발자크 문학연구에까지 이
르는 일련의 '리얼리즘론'을 전개하였다. 대표작으로 장편 〈대하〉, 중편 〈맥〉 등이 있다.

노천명

이화여전 재학 중 시 〈밤의 찬미〉, 〈포구의 밤〉 등을 발표하였고, 그 후 〈눈 오는 밤〉, 〈사슴처럼〉,
〈망향〉 등 주로 애틋한 향수를 노래한 시를 발표하였다. 널리 애송된 대표작 〈사슴〉으로 인해 '사슴
의 시인'으로 불린다. 주요 작품으로 시집 《산호림》과 《별을 쳐다보며》, 수필집 《산딸기》 등이 있다.

방정환

한국 최초의 순수 아동잡지 《어린이》의 창간하고, 1921년 '어린이'라는 단어를 공식화하며, 1923년 5월 1일 한국 최초의 어린이날을 만들었다. 이후 '세계아동예술전람회'와 '구연동화회'를 만드는 등 아동문학가 및 사회운동가로 활동했다. 주요 작품으로 《사랑의 선물》과 사후에 발간된 《소파전집》 등이 있다.

이효석

근대 한국 순수문학을 대표하는 소설가. 1928년 《조선지광》에 단편 〈도시와 유령〉을 발표하면서 등단하였다. 한국 단편문학의 전형적인 수작이라고 할 수 있는 〈메밀꽃 필 무렵〉을 썼다. 장편 〈화분〉 등을 통해 성(性) 본능과 개방을 추구한 새로운 작품 및 서구적인 분위기를 풍기는 작품으로 주목받았다.

최서해

신경향파의 대표적 소설가. 몇 명의 엘리트의 눈으로 바라본 일부의 삶이 아닌 실제 체험을 통한 대다수 극빈층의 생활상을 날카롭게 표현하여 그들의 울분과 서러움을 적나라하게 드러내고 있다. 이에 그의 문학을 '체험문학', '빈궁문학'이라고 일컫는다. 주요 작품으로 〈탈출기〉, 〈홍염〉 등이 있다.

나도향

《백조》 동인으로 참여한 것이 계기가 되어 문단에 진출하였다. 초기에는 〈젊은이의 시절〉, 〈별을 안거든 울지나 말걸〉 등 애상적이고 감상적인 작품을 발표했지만 이후 〈물레방아〉, 〈뽕〉, 〈벙어리 삼룡이〉 등 객관적이고 사실주의적 경향을 보였다. 작가로서 완숙의 경지에 접어들려 할 때 요절하였다.

현진건

《개벽》에 단편소설 〈희생화〉를 발표함으로써 문단에 등장. 1921년 발표한 〈빈처〉로 인정을 받기 시작했으며 《백조》 동인으로서 〈타락자〉, 〈운수 좋은 날〉, 〈불〉 등을 발표함으로써 염상섭과 함께 사실주의 문학을 개척한 작가가 되었고, 김동인과 더불어 한국 근대 단편소설의 선구자가 되었다.

노자영

《백조》 창간 동인으로서 작품활동을 시작하였고, 잡지 《신인문학》을 창간해 후진 양성에도 힘썼다. 특히 시와 수필에 있어서 소녀적인 센티멘털리즘으로 일관하여 자신의 시에 '수필시'라는 특이한 명칭을 붙이기도 하였다. 주요 작품으로 시집 《처녀의 화환》을 비롯해 서간집 《나의 화환》 등이 있다.

이 상

현대 문학을 논할 때 결코 빼놓을 수 없는 시인이자, 소설가, 수필가, 모더니즘 운동의 기수. 건축가로 일하면서 수많은 작품을 발표하였으며, 전위적이고 해체적인 글쓰기로 한국 모더니즘 문학사를 개척하였다. 주요 작품으로 소설 〈날개〉를 비롯해 시 〈거울〉, 〈오감도〉 등 수많은 작품이 있다.

임 화

시인·문학평론가. 1926년 카프에 가입한 이래 중추적 역할을 하였고 〈개설 신문학사〉를 통해 체계적인 방법론을 갖춘 근대문학사를 시도하였다. 〈우리 오빠와 화로〉, 〈우산 받은 요코하마〉 등의 시를 발표하였고, 〈문학의 논리〉라는 평론집을 저술하였다.

글쓰기 대가들이 말하는
글 잘 쓰는 원칙 제1장 1조

초판 1쇄 인쇄 2018년 6월 10일
초판 1쇄 발행 2018년 6월 18일

엮은이 성재림
발행인 임채성
디자인 김현미

펴낸곳 홍재
주 소 서울시 양천구 목동동로 233-1, 1010호(목동, 현대드림타워)
전 화 070-4121-6304   **팩 스** 02)332 - 6306
메 일 hongjaeeditor@naver.com
포스트 https://m.post.naver.com/my.nhn?memberNo=6626924

출판등록 2017년 10월 30일(신고번호 제 2017 - 000064호)

종이책 ISBN 979-11-962272-6-5 03800
전자책 ISBN 979-11-962272-7-2 05800

저작권자 ⓒ 2018 성재림
COPYRIGHT ⓒ 2018 by Sung Jae Lim
이 도서의 국립중앙도서관 출판시도서목록(CIP)은 서지정보유통지원시스템 홈페이지(http://seoji.nl.go.kr)와
국가자료공동목록시스템(http://www.nl.go.kr/kolisnet)에서 이용하실 수 있습니다.
(CIP제어번호: CIP 2018013257)

• 이 책은 도서출판 홍재와 저작권자와의 계약에 따라 발행한 것이므로
  본사의 서면 허락 없이는 어떠한 형태나 수단으로도 이 책의 내용을 이용할 수 없습니다.
• 파본은 본사와 구입하신 서점에서 교환해드립니다.
• 책값은 뒤표지에 있습니다.

홍재는 조선 제22대 왕인 정조대왕의 호로 백성들을 위해 인정을 베풀겠다는 큰 뜻을 담고 있습니다.
도서출판홍재는 그 뜻을 좇아 많은 사람에게 도움이 되는 책을 출간하는 것을 목표로 하고 있습니다.
책으로 출간했으면 하는 아이디어와 원고가 있다면 주저하지 말고 홍재의 문을 두드리세요.

hongjaeeditor@naver.com